MORRA POR MIM

LUKE JENNINGS

MORRA POR MIM

TRADUÇÃO
Leonardo Alves

Copyright © 2020 by Luke Jennings

Grafia atualizada segundo o Acordo Ortográfico da Língua Portuguesa de 1990, que entrou em vigor no Brasil em 2009.

Título original
Die for Me

Capa
Helena Hennemann/ Foresti Design

Foto de capa
Shutterstock

Preparação
João Pedroso

Revisão
Maitê Acunzo
Clara Diament

Dados Internacionais de Catalogação na Publicação (CIP)
(Câmara Brasileira do Livro, SP, Brasil)

Jennings, Luke
    Morra por mim / Luke Jennings ; tradução Leonardo Alves. — 1ª ed. — Rio de Janeiro : Suma, 2022.

    Título original: Die for Me
    ISBN 978-85-5651-139-3

    1. Ficção policial e de mistério (Literatura inglesa) I. Título.

22-101292   CDD-823.0872

Índice para catálogo sistemático:
1. Ficção policial e de mistério : Literatura
    inglesa   823.0872

Maria Alice Ferreira – Bibliotecária – CRB-8/7964

[2022]
Todos os direitos desta edição reservados à
EDITORA SCHWARCZ S.A.
Praça Floriano, 19, sala 3001 — Cinelândia
20031-050 — Rio de Janeiro — RJ
Telefone: (21) 3993-7510
www.companhiadasletras.com.br
www.blogdacompanhia.com.br
facebook.com/editorasuma
instagram.com/editorasuma
twitter.com/editorasuma

para os palhaços

1

Conforme a luz vai embora, um vento gelado começa a soprar. A brisa vinha do sudeste, chegava do golfo de Riga pelo mar Báltico e atingia a lateral do navio, o que fazia com que os contêineres rangessem e pressionassem as barras de peação. Dia após dia, em nossa viagem ao leste rumo à Rússia, a temperatura ficava cada vez mais baixa.

O contêiner que Villanelle e eu usamos nos últimos cinco dias é uma caixa de aço corrugado do tamanho de uma cela de prisão. Tem pouco mais de dois metros e meio de altura, está parcialmente carregado com fardos de roupa e repousa em cima de uma pilha de quatro contêineres no lado direito do navio. Lá dentro faz um frio mortal. Nós duas vivemos feito ratas, aninhando-nos para nos aquecer, mordiscando nossa reserva cada vez menor de pão velho, queijo e chocolate, bebericando água racionada e urinando dentro de um balde de plástico. Estou constipada desde que o navio zarpou do litoral nordeste da Inglaterra, e Villanelle caga dentro de uma série de sacolas plásticas compradas num pet shop, que ela em seguida fecha com um nó e guarda.

Na extremidade dianteira do contêiner, há uma escotilha quadrada de emergência, com uns trinta centímetros de largura, que pode ser aberta por dentro. Por ali entram um pequeno feixe de luz e um sopro gelado de ar salgado. Em cima dos fardos de roupa, com os olhos marejando, vejo o sobe e desce constante do horizonte e o salto em câmera lenta da onda de proa, branco contra cinza, até perder toda a sensibilidade no rosto. Quando o vento diminui, despejo o balde de urina pela escotilha. O líquido congela assim que escorre pelo contêiner. Já pedi para Villanelle jogar fora as sacolas de merda também, mas ela tem medo de que alguma delas caia no convés.

Ela pensou em tudo. Coletes e calças térmicas, roupa de baixo, papel higiênico, produtos de higiene, absorventes, luvas de neoprene, lanternas de luz vermelha, uma faca militar, abraçadeiras de plástico, munição de nove milímetros para a Sig Sauer dela e a minha Glock, e um rolo polpudo de dólares americanos em notas usadas. Não temos telefones, laptops nem cartões de crédito. Nenhum documento de identificação. Nada que possa deixar rastros. Ninguém além de Villanelle sabe com certeza que eu estou viva, e ela própria está oficialmente morta. Seu túmulo, marcado com uma pequena placa de metal fornecida pelo governo russo e com a inscrição Оксана Воронцова, está no cemitério Industrialny de Perm.

Dois anos antes, eu não sabia que Villanelle, ou Oxana Vorontsova, existia.

Eu chefiava um pequeno departamento de relações interagências na Thames House, sede do MI5 em Londres, e a vida, em geral, ia bem. O lado chato era o trabalho: eu tinha mestrado em criminologia e psicologia forense e aspirava a um cargo mais desafiador nos serviços de segurança. O lado positivo é que a minha renda era estável, ainda que nada espetacular, e meu marido, Niko, era um homem gentil e decente que eu amava e com quem esperava começar uma família. Eu vivia me convencendo de que havia coisas piores no mundo do que a rotina, e, se eu passava cada momento livre no escritório montando um arquivo de assassinatos políticos sem suspeitos, era só uma atividade particular minha. Um jeito de me ocupar. Um hobby, na verdade.

Durante essa pesquisa extraoficial, me convenci de que alguns desses assassinatos tinham sido executados por uma mulher, e com certeza quase absoluta de que era a mesma mulher. Normalmente, eu não teria comentado essa teoria com ninguém. Minha função no MI5 era administrativa, não investigativa, e, se eu levasse essa questão aos meus superiores, seria recebida com sorrisos condescendentes e sobrancelhas arqueadas. Teriam me considerado uma funcionária de baixo escalão tentando dar um salto maior que as pernas. Mas então um ativista político da extrema direita russa chamado Viktor Kedrin foi morto a tiros em um hotel de Londres, junto com seus três guarda-costas. Fui acusada de não ter providenciado proteção adequada para Kedrin, e me demitiram.

Foi uma injustiça enorme, e todo mundo que estava envolvido sabia disso. Mas a gente sabia também que, quando o departamento fazia uma besteira desse tamanho, e não dava para ser muito pior do que o assassinato de um indivíduo tão destacado quanto Kedrin, alguém tinha que pagar o pato. De preferência alguém em um cargo alto para valer, mas não tão alto que fosse difícil encontrar um substituto. Alguém descartável. Alguém como eu.

Pouco depois de entregar o meu crachá em Thames House, fui abordada discretamente por um oficial antigo do MI6 chamado Richard Edwards, que, ao contrário de seus colegas ao norte do rio, estava disposto a ouvir as minhas ideias. Encarregada de encontrar a assassina de Kedrin e com o apoio de sua equipe clandestina, persegui Villanelle por todo o mundo. Ela se revelou uma presa espectral e escorregadia, sempre um passo impecável à minha frente. O máximo que eu podia fazer era seguir o rastro de sangue. E, a contragosto, admirar seu sórdido talento. Ela era audaciosa, isenta de culpa ou de medo, e provavelmente a facilidade com que conseguia não ser encontrada a deixava entediada. Lisonjeada ao descobrir que eu a perseguia, ela começou a fazer o mesmo comigo. Certa noite em Shanghai, ela escalou a parede externa do meu hotel, entrou no meu quarto e roubou uma pulseira minha para levar de troféu. Para compensar, e para se gabar, invadiu a minha casa em Londres em plena luz do dia e deixou outra pulseira (muito mais cara) que havia comprado para mim em Veneza. Essas invasões foram não só assustadoras, mas provocantes. Sussurros que serviam para me lembrar de que ela gostava de mim, mas que podia me matar quando bem entendesse.

Embora na época eu me recusasse a admitir, até para mim mesma, esse cortejo bizarro me afetou. Obsessão não é algo imediato. É uma coisa que persegue, que chega de fininho até ser tarde demais para escapar. Foi por acaso que, também em Shanghai, encontrei Villanelle pessoalmente pela primeira vez. Eu estava em uma scooter, presa no engarrafamento, e ela caminhava na minha direção pela calçada, vestida toda de preto, com o cabelo louro liso afastado do rosto. Nossos olhares se cruzaram, e eu sabia que era ela. Villanelle pode ser um amor de pessoa se quiser, mas naquela noite seu olhar estava frio como o de uma cobra. Ela diz que me reconheceu naquela ocasião, assim como eu a reconheci, mas não acredito. Ela mente. Mente por compulsão, o tempo todo. Naquela mesma noite, mais tarde, ela atraiu meu colega, Simon Mortimer, para um beco e o matou com um cutelo. A selvageria do ataque abalou investigadores calejados do departamento de homicídios de Shanghai, que já haviam visto assassinatos da Tríade e vários outros horrores.

Nosso segundo encontro, no acostamento de uma estrada na Inglaterra, foi planejado com uma genialidade perturbadora. Eu estava vindo de um centro de interrogatório dos serviços de segurança em Hampshire, a caminho de Londres. Meu passageiro era Dennis Cradle, um oficial de alta patente do MI5 que, naquela manhã, tinha admitido para mim que trabalhava para os Doze, a organização que contratava Villanelle para cometer assassinatos. Eu tinha tentado aliciar Cradle, fazê-lo dar informações sobre os Doze em troca de imunidade, e a reação dele tinha sido tentar me recrutar, o que achei um abuso do cacete, considerando as circunstâncias.

Depois de vinte minutos na estrada, fomos parados por uma policial pilotando uma moto. Era Villanelle, claro, mas, quando finalmente me dei conta, já era tarde demais. Ela disse que havia sentido a minha falta. Tocou no meu cabelo e falou dos meus "olhos bonitos". Foi tudo até bem romântico, de certa forma. Ela então inutilizou o meu carro, levou Cradle embora e me largou na beira da estrada. Cradle provavelmente achou que estava sendo resgatado. Na verdade, Villanelle o levou até um local isolado nos arredores de Weybridge, arrebentou a parte de trás do crânio dele com um objeto contundente — imagino que tenha sido um cassetete — e o jogou no rio Wey.

Villanelle não era a namorada perfeita, mas eu também não estava procurando uma namorada. Eu era casada, pelo amor de Deus. Casada e feliz, com um homem. E, ainda que o sexo com Niko nunca tenha sido transcendental — nenhuma cauda incandescente de cometa, nenhuma explosão de supernova, nenhum uivo de lobisomem —, eu não tinha do que reclamar. Ele era uma criatura muito rara, um cara genuinamente bom. Ele me amava quando ninguém mais me dava bola. Elogiava meus péssimos dotes culinários, se encantava com a minha falta de senso estético para a moda e vivia reafirmando, apesar das provas em contrário, que eu era bonita. Em troca, eu o tratava feito lixo. Eu sabia exatamente o quanto ia magoá-lo, mas o magoei mesmo assim.

A questão era o que Villanelle causava em mim. Apesar de todo meu horror paralisante pelo que ela havia feito, fiquei fascinada. Sua concentração, sua meticulosidade, sua determinação implacável. Eu tinha passado a vida inteira feito sonâmbula, e de repente lá estava ela, minha adversária perfeita.

Depois eu viria a descobrir que Villanelle sentia a mesma coisa. Que, embora atuar como a melhor assassina dos Doze tivesse seus benefícios profissionais e materiais, ela começara a almejar uma empolgação que os assassinatos políticos de rotina não proporcionavam. Ela havia desenvolvido um apetite pelo perigo. Queria atrair uma perseguidora para ficar em seu encalço, alguém que fosse digna de enfrentá-la. Ela queria dançar no fio da navalha. Ela me queria.

Niko me amava, e eu sempre me sentira segura em seus braços, mas os jogos que Villanelle fazia eram diabolicamente viciantes. Foi só com o assassinato de Simon que acordei para o alcance infinito de sua psicopatia. Eu a odiei depois disso, e sua intenção era exatamente essa. Ela queria me mostrar o seu pior lado, para ver se eu recuaria. E é claro que só passei a persegui-la com mais afinco ainda, o que a deixou encantada. Mas ela nunca fez qualquer distinção entre ódio e desejo, entre perseguição e cortejo, e, no fim das contas, eu também não.

Quando foi que perdi o rumo? Será que foi em Veneza, quando descobri que ela estivera lá um mês antes com outra mulher, uma namorada, e fui tomada de ciúmes? Ou foi antes, na beira da estrada, quando ela me disse que, depois de invadir o meu quarto naquela noite quente de Shanghai, ela se sentou e ficou me olhando dormir? Já não importa mais. O que importa é que, quando ela me pediu para acompanhá-la, para abandonar a minha vida e deixar para trás tudo e todo mundo que eu conhecia, eu obedeci sem hesitar.

Naquele momento, eu já sabia que estava vivendo uma mentira. E que, desde o primeiro contato com Richard Edwards, eu tinha caído em uma farsa genial e sofisticada. Quando Richard me pediu para investigar Villanelle e os Doze, fiquei orgulhosa, crente de que ele estava impressionado com a minha capacidade de intuição e dedução. Na realidade, ele tinha sido, desde o início, um agente totalmente a serviço dos Doze, interessado em me usar para testar a segurança da organização. Era uma clássica operação de falsa bandeira. E, ao realizá-la de forma clandestina, por motivos que fizeram todo o sentido para mim na época, ele garantiu que ninguém no MI6 ficaria sabendo.

Eu tinha começado a desconfiar de que estava sendo usada. Mas foi Villanelle quem finalmente confirmou. Ela é uma psicopata e uma mentirosa contumaz, mas foi a única que me disse a verdade. Ela me mostrou, friamente, a facilidade com que eu havia sido manipulada. Quando a ouvi, foi como se eu estivesse vendo um cenário complexo sendo desmontado; de repente, comecei a enxergar as cordas, roldanas e paredes de tijolos expostos. Ela me disse que tinha recebido o alvo seguinte, que era eu. Eu havia descoberto mais do que eles desejavam. Já não era mais um instrumento dos Doze. Era um problema.

O encontro, e suas consequências, foi uma experiência clássica de Villanelle. Eu tinha acabado de passar uns dias horrorosos em Moscou e, quando cheguei em casa, ela estava na banheira, lavando o cabelo. Uma Sig Sauer nove milímetros repousava entre as torneiras. E ela usava luvas de látex. Eu tinha certeza de que ela pretendia me matar. Villanelle é reservada a respeito de quantas pessoas já matou. Ela só diz "uma quantidade normal". Mas eu chutaria que foram dezenove, talvez vinte vítimas.

A gente teve que forjar a minha morte. E, depois, desaparecer.

Então foi isso que fizemos, e logo depois saí com ela noite afora em sua moto Ducati, com os braços bem apertados em volta de seu corpo, rumo ao norte. Ela não me deu muita escolha, e eu também nem queria ter o que escolher. Estava pronta para cortar as amarras que me prendiam ao chão. Pronta para voar.

Desde aquele dia me perguntei várias vezes o que teria acontecido se tivesse ficado. E se tivesse implorado pelo perdão de Niko e levado minha história para a polícia, ou talvez até para os jornais? Será que eu teria sobrevivido? Ou será que a história seria um carro que não parou, um ataque cardíaco a caminho do mercado, um possível suicídio? E se os Doze acabassem decidindo que não valia a pena me matar e armassem tudo de modo a parecer que eu era uma fanática de teorias da conspiração, só mais uma recruta do trágico e desprezado exército dos iludidos, Niko teria acreditado em mim? Ou eu passaria o resto da vida sentindo seu olhar, me observando e pensando, durante as conversas no jantar, ou suportando noites intermináveis no clube de bridge?

Embarcamos clandestinamente em Immingham, um porto em Lincolnshire. Isso nos custou a moto e os resquícios da minha dignidade. O cara era um auxiliar de convés, de licença com um visto de tripulante. Nós o encontramos em um bar perto do terminal, um pub irlandês de araque tão deprimente que chegava a ser quase engraçado. Tínhamos passado quase uma hora tomando cerveja quando o sujeito entrou. Villanelle o identificou como russo logo de cara, foi até a mesa dele e começou a trabalhar. Ele se chamava Igor, e seu navio, como a gente esperava, era o *Kirovo-Chepetsk*, um porta-contêineres da classe Panamax com destino a São Petersburgo. Villanelle não perdeu tempo. Fez ele engolir uma dose tripla de vodca e apresentou a proposta. Igor não pareceu muito surpreso.

Quando o levamos para fora para mostrar a moto, já estava nevando. Villanelle abriu a capa impermeável, e Igor deu um assovio baixo. Não entendo nada de motos, mas a Ducati era uma beleza. E a viagem atrás de Villanelle tinha sido um sonho.

— Quer experimentar? — Villanelle perguntou, produzindo uma nuvem de condensação no ar frio. Igor fez que sim e passou as mãos lentamente pelos controles do guidão e pelo tanque cinza-vulcão. Então, montou no assento, apertou o botão da ignição com o polegar e deu uma volta silenciosa pelo estacionamento, iluminando flocos de neve com o farol. Quando ele desceu da moto, nitidamente apaixonado, Villanelle tirou proveito da vantagem falando rápido em um russo idiomático. Ele respondeu com um murmúrio enquanto se mexia com hesitação.

— Ele vai nos colocar a bordo amanhã à noite — disse ela. — Mas a moto não vai ser suficiente. Ele vai ser preso, se for pego.

— O que mais ele quer?

— Ele quer ver os seus... — Ela apontou para os meus seios com a cabeça.

— Meus... *Não*. De jeito nenhum!

— Só uma foto, para uso pessoal. Ele disse que você lembra uma tia dele, Galya.

— É brincadeira, né, porra?

— Não. Ela é condutora de bonde em Smolensk. Bota para fora.

Passei os olhos pelo estacionamento. Não tinha mais ninguém, só nós três. Abri o zíper do meu casaco de couro e levantei o suéter, o colete térmico e o sutiã. Estava frio pra caralho.

Com o olhar fixo, Igor se atrapalhou para pegar o celular nas calças. Ele levou quase um minuto, agachando e gesticulando, para conseguir a foto desejada.

— Só toma cuidado para o meu rosto não aparecer — falei, tremendo. A neve estava embaçando as lentes dos meus óculos.

— Ele não está interessado no seu rosto. Mas falou que você tem belos seios. E eu concordo.

— Bom, fico feliz que vocês dois estejam se divertindo tanto, mas estou literalmente congelando aqui. Posso me vestir, por favor?

— Pode, já deu. Ele vai nos ajudar.

— Quando eles vão carregar esse contêiner no navio? — sussurrei, enquanto abríamos um espaço para nós nos fardos de roupa.

— Amanhã, segundo o motorista. Provavelmente por volta de meio-dia.

— Você acha que alguém vai conferir aqui dentro antes?

— Talvez. Está com medo?

— Neste momento só não quero que peguem a gente.

Ela não falou nada.

— Há quanto tempo você planeja isso? — perguntei.

— Sempre soube que algum dia as coisas poderiam mudar e eu talvez tivesse que fugir. Então preparei rotas de fuga. Só não planejei para você vir junto.

— Desculpa.

— Não tem problema. Você fala russo muito mal, então, quando a gente chegar em São Petersburgo, você pode ser muda. Ou ruim da cabeça. Ou as duas coisas. Tira o casaco e as botas.

— Por quê?

— Para que você possa vestir alguma coisa amanhã, quando acordar. E a gente precisa aquecer uma à outra, trocar calor humano. Faz o que eu tô mandando.

— Por favor — falei.

— Por favor o quê?

— Por favor, faz o que eu tô mandando.

Ela se afastou de mim de repente.

— Foda-se o "por favor", *suchka*. Se você quiser continuar viva, me obedece.

— Entendi.

— É óbvio que não entendeu. Esse é o meu mundo, ok?

— É o meu também, agora. Não tenho escolha.

— Você quer sair? Tudo bem. Vai ver quanto tempo dura, *yebanutaya*.

Eu não a enxergava. Mas dava para sentir sua fúria irradiando pela escuridão.

— Villanelle — comecei. — Oxana...

— *Nunca* me chame assim.

— Tudo bem, desculpa, mas...

— Nada de *mas*, Polastri. Tomara que você morra congelada. É sério, tomara que você morra, porra.

Tirei o casaco, as calças e as botas e coloquei em um lugar onde eu conseguiria encontrar no escuro. Ao meu lado, ouvi Villanelle fazendo o mesmo. Tremendo, me acomodei nos fardos, a mais ou menos um metro dela. Conforme os minutos passaram e o frio me embrulhou com mais e mais força, fiquei ouvindo a tranquila oscilação da respiração dela. Puta desgraçada.

O que é que eu estava fazendo? Por que, considerando tudo o que eu sabia, eu tinha confiado nela? Travei o maxilar, mas não consegui impedir meu queixo de bater. Apertei a boca com a mão, engoli lágrimas de fúria abjeta e desesperada, e tive a certeza de que eu havia destruído tudo de valor da minha vida. Ignorado a voz interior que talvez tivesse me salvado, me aliado a um monstro insensível que matava pessoas sem pensar duas vezes e que, provavelmente, mais cedo ou mais tarde, me mataria.

Enxuguei o nariz com a manga e funguei. Um instante depois, senti Villanelle se mexer. Ela se colou a mim, com os joelhos atrás dos meus e os seios nas minhas costas. Afastando meu cabelo com o nariz, ela apoiou o rosto na minha nuca. Depois, dobrou o braço por cima do meu e envolveu meu pulso com os dedos. Continuei tremendo, e ela se apertou mais em mim.

Quando o calor do corpo dela me possuiu, finalmente parei de tremer. O silêncio nos envolveu, e imaginei a neve batendo nas paredes e no teto do contêiner. Meu braço estremeceu, como às vezes acontece à noite, e a mão de Villanelle se fechou em volta da minha, com o polegar firme na minha palma. Ela pegou uma mecha do meu cabelo entre os dentes e o puxou delicadamente, então lambeu minha nuca como se fosse uma leoa. E me mordeu, com força.

Contorci o corpo para me afastar, arfando de surpresa, mas ela segurou meus ombros, me deitou de costas e se colocou em cima de mim, de modo que a gente ficasse cara a cara na escuridão e eu sentisse seu hálito de cerveja e o nariz, frio, na minha bochecha. E então sua língua entrou na minha boca, retorcendo-se e explorando. Virei a cabeça para me afastar.

— Para.

— Por quê?

— Só... conversa comigo.

Ela virou o corpo e se deitou de lado.

— Sobre o quê?

— Você já se importou de verdade com alguém, já *sentiu* algo de verdade por outra pessoa?

— Você acha que eu não sinto nada?

— Sei lá. Sente?

— Sinto do mesmo jeito que você, Eve. Não sou nenhum monstro. — Ela pegou minha mão e a enfiou na própria calcinha. — Sente minha boceta. Tá molhada.

Estava. Deixei minha mão ali por um único e inebriante segundo.

— Não é a mesma coisa que se importar com alguém — escutei minha voz responder.

— Mas é um bom começo.

Estabilizei minha respiração.

— E você já se apaixonou alguma vez?

— Humm... Mais ou menos. Uma vez.

— E?

— Ela não me queria.

— Como você se sentiu?

— Eu quis me matar. Para mostrar a ela.

— E onde eu fico nessa história toda?

— Aqui, imbecil. Comigo. — Os dedos dela foram ao meu cabelo. — E, se você não me beijar neste segundo, eu te mato de verdade. — Ela começou a me puxar, mas eu já estava lá, procurando sua boca com a minha.

Então a gente caiu uma em cima da outra, esbarramos narizes, esfregamos lábios e trocamos beijos desesperados às cegas. Senti os dedos dela se engancharem na cintura da minha calça térmica e da calcinha e puxá-las até meus tornozelos, e, quando ela subiu de novo pelo meu corpo, tentei tirar seu suéter, mas a gola era tão apertada que ela caiu em cima de mim, rindo e sussurrando que eu a estava enforcando. Ela se sentou em cima de mim e puxou o suéter por cima da cabeça. Ele roçou no meu rosto — lã quente, suor estagnado — e foi tirado, seguido por seu colete e sutiã. Ela tirou os meus, e estremeci quando o frio me pegou.

— A gente precisa deixar você mais forte, *pupsik* — sussurrou ela, balançando as pernas para tirar também a calça e a calcinha.

Foi tudo uma descoberta arrebatadora. A pele dela e a minha, o cheiro dela e o meu, a boca dela e a minha. Villanelle assumiu a iniciativa, como eu precisava, e senti sua mão se estender, confiante, por entre as minhas coxas. Ela havia matado um homem cravando uma faca na artéria femoral. Um golpe tão delicado, de precisão tão cirúrgica, que a vítima provavelmente demorou para perceber que havia sido apunhalada. Será que ela sentia a palpitação da minha artéria femoral? Quando ela deslizou aqueles dedos para dentro de mim, será que estava se lembrando de outras penetrações mais sanguinolentas? Será que as explorações cálidas de sua língua rememoravam carnes mais letais?

Depois, nos cobrimos com os suéteres e casacos, e me aninhei nas costas dela, em conchinha. Fiquei alguns minutos deitada ali no escuro, acabada, tocando com os lábios o cabelo macio no pescoço dela, que se mexia com a minha respiração.

— Que estranho — disse ela. — Não consigo me lembrar de como você é.

— Nem um pouco?

— Não. Você poderia ser qualquer uma.

Ergui o corpo e me apoiei no cotovelo.

— Por que você gosta de mim? De verdade?

— Quem disse que eu gosto?

— Não gosta?

— Talvez. Talvez eu só quisesse arrancar as suas calças. Que, aliás, não são lá grandes coisas.

— Ah.

Ela esfregou o traseiro em mim.

— A verdade é que eu tenho uma queda por mulheres desajeitadas. Especialmente as que usam óculos.

— Obrigada.

— *Pozhaluysta*. Tenho que mijar.

Ela mijou fazendo barulho no balde que estava encaixado nos fardos de roupa, no canto. Fui até lá também e fiz o mesmo, com dificuldade no escuro, e então nos vestimos — estava frio demais para ficar sem roupa — e me aninhei atrás dela de novo, sentindo o cheiro forte do seu cabelo em meu rosto.

— Admite, *pupsik* — murmurou ela, praticamente inaudível —, esta é uma lua de mel muito mais romântica que a sua primeira.

A gente acordou na manhã seguinte quando o caminhão trepidou, ganhou vida e começou o trajeto até a doca. Ficamos completamente imóveis, e o único som era o da urina chacoalhando dentro do balde. Vinte minutos depois, o veículo parou, e senti o corpo de Villanelle relaxar e sua respiração assumir um ritmo lento e calmo. Esse era o momento de maior perigo. Se fosse ocorrer uma inspeção do contêiner e da carga, seria agora. Tentei imitar o estado zen de Villanelle, mas comecei a tremer descontroladamente. Meu coração batia com tanta força que achei que fosse desmaiar.

Um baque metálico surdo reverberou por todo o contêiner. Eu me afundei desesperadamente nos fardos, ignorando uma breve explosão de dor quando bati com o nariz na testa ou no ombro de Villanelle. O caminhão começou a se mexer de novo, mas permaneci submersa, inalando o cheiro denso de algodão abafado. Dessa vez, o trajeto foi mais curto, e nosso progresso intermitente indicou que estávamos em uma fila de veículos a caminho da área de carga. Após a última parada, o motor do caminhão se calou. Ouvimos um atrito ríspido de metal contra metal, um baque pesado, e começamos a subir. Eu estava com pavor do momento em que o contêiner seria içado da margem para o navio, de pensar nele balançando perturbadoramente entre as gruas. Mas é claro que não foi nada assim. O processo foi fluido e hábil, com um brevíssimo toque de aço para indicar o momento em que ficamos fixadas, e depois uma batida fraca de quando nosso lar temporário ficou preso aos que estavam embaixo.

Passaram-se horas, o cheiro de urina foi ficando mais forte, e Villanelle manteve um silêncio imperturbável, como se estivesse em transe. Será que ela estava dizendo para si mesma que havia cometido um erro fatal ao me trazer junto? Será que a noite anterior não havia significado nada para ela? Fiquei lá com o olhar perdido nas trevas geladas. Por fim, adormeci.

Acordei com os sons do murmúrio constante dos motores do *Kirovo-Chepetsk* e do rangido sutil dos contêineres à nossa volta. À medida que eu recobrava a consciência, a mão de Villanelle se estendeu em meio à escuridão e encontrou com a minha.

— Está tudo bem? — sussurrou ela.

Meneei a cabeça, ainda meio grogue.

— Ei. A gente está viva. A gente escapou.

— Por enquanto.

— Por enquanto é tudo o que há, *pupsik*. — Ela pressionou minha palma contra seu rosto gelado. — Por enquanto é tudo o que sempre há.

2

Estou começando a aprender o jeito de Villanelle.

Ela se retrai. Ela se tranca na cidadela secreta de sua mente. Estou sentada ao seu lado, sentindo sua perna quente junto da minha; nossa respiração se mistura, mas é como se ela estivesse a mil quilômetros de distância, de tão ártica que é sua solidão. Às vezes acontece quando nos deitamos para dormir e ela se aninha em mim para se aquecer. Uma parte dela simplesmente não está presente. Tenho vontade de dizer que ela não está sozinha, mas a verdade é que ela está absolutamente sozinha.

Esse estado paralisado pode durar horas, e então, como o despertar da alvorada, ela acorda para a minha presença. Nesses momentos, aprendi a esperar para ver que rumo a coisa toma, porque ela é muito imprevisível. Às vezes fica pensativa e só quer ser abraçada, e às vezes fica melancólica e irritada feito uma criança. Quando quer transar, me procura. Depois de quatro dias e noites no mar, isso se tornou um processo feroz, animalesco. Precisamos reservar nossa água para beber, é impossível tomar banho, e nossos corpos estão fedendo. Mas nenhuma de nós se importa. Ela sabe o que quer e vai direto ao ponto, e, como a escuridão e a incerteza desesperada das nossas circunstâncias eliminaram os últimos resquícios das minhas inibições, eu retribuo na mesma medida. Villanelle gosta disso. Ela é muito mais forte do que eu e poderia me derrubar facilmente quando a prendo embaixo de mim e fico por cima, mas ela deixa acontecer e fica deitada enquanto acaricio seu seio e minha língua e meus dentes exploram a cicatriz em seu lábio. Ela então pega a minha mão e a puxa para baixo, cravando meus dedos dentro de si, e se esfrega na base da minha palma até começar a arfar, e às vezes rir, e eu a sentir os músculos de suas coxas tremerem e vibrarem.

— Você nunca ficou com outra mulher? — pergunta ela. — Sou mesmo a sua primeira?
Já tivemos essa conversa.
— Você sabe que é — respondo.
— Saber, não sei.
— Querida, pode acreditar. Você é a primeira.
— Humm.
— Pensei muito nisso. Em como seria estar com você. O que a gente faria.
— Era isso que você fazia naquela salinha horrível todo dia? Pensava em transar comigo?
— Não sei se você se lembra, mas eu estava tentando te prender. Uma equipe inteira do MI6 estava tentando te prender.
— Você nunca chegou nem perto, *pupsik*. Qual era o nome daqueles otários que trabalhavam com você?
— Billy e Lance.
— Isso. Billy e Lance. Você já pensou em transar com eles?
— De jeito nenhum. Billy era um nerd que morava com a mãe, e Lance parecia um rato. Mega astuto e bem treinado, mas, ainda assim...
— Um rato?
— Isso mesmo.
Ela reflete por um instante.
— Você sabe que eu invadia o seu computador quando ficava entediada em Paris.
— Você me disse, sim.

— Não era interessante. Nunca. Eu queria achar e-mails de algum amante ou coisa do tipo. Mas eram sempre encomendas de sacos de lixo, naftalina e roupas horríveis de feias.

— Desculpa. O nome disso é vida.

— A vida não precisa ser tão triste. Você não precisa comprar suéteres de acrílico, por exemplo. Até as traças têm nojo disso.

— Você ganha a vida matando pessoas e quer falar das minhas roupas de tricô?

— Não é a mesma coisa, Eve. Roupas são importantes. E o que é Rinse-Aid? É um produto de cabelo? Uma instituição de caridade?

— Querida, você nunca usou uma máquina de lavar louça?

— Não. Por quê?

Eu a beijo no nariz.

— Deixa pra lá.

— E agora você está rindo de mim. De novo.

— Não estou rindo. Não mesmo.

Sua respiração fica mais lenta.

— Eu podia ter te matado, Eve. Teria sido fácil. Mas não matei. Salvei a sua vida, e arrisquei a minha, o que, para ser bem sincera, foi uma idiotice do caralho. Mas eu gosto de você, então te ajudei a escapar de Londres, dos Doze, e daquele marido babaca que você nunca amou, e estou te levando para o meu país. Aí, o que você faz? Ri de mim porque eu não conheço essa porra de Rinse-Aid.

— Querida, eu...

— Não me chame de "querida". Não sou sua querida, e você não é a minha. Você sabe que minha namorada está presa em Moscou por sua causa?

— Se está falando da Larissa Farmanyants, não é culpa minha que ela está lá. Ela tentou me matar dentro de uma estação lotada de metrô, matou um velhinho inofensivo e foi pega.

— E agora está presa em Butyrka. Bom, quer saber? Eu queria que você estivesse lá e Lara estivesse aqui. Ela passava horas a fio lambendo a minha boceta. Nunca vi mulher com mandíbula mais forte que a dela, parecia um pit bull.
— Ela deve ser uma graça.
— Ela é.
— Estou impressionada. Já acabou?
— Já acabei o quê?
— De ser uma desgraçada manipuladora e mimada.
— Sou desgraçada mesmo, e daí? Eu *criei* você, Polastri. Cadê a porra da gratidão?

Ela é um emaranhado confuso de contradições. Eu nem imaginava que alguém podia ter uma independência tão ferrenha e ao mesmo tempo ser tão instável emocionalmente. Em um momento, ela é cheia de flertes e de delicadezas, cobrindo meu rosto de beijos, e no instante seguinte me ataca com os piores insultos que consegue formular. Sei que a crueldade é só uma fachada, um jeito de proteger sua autoimagem frágil, mas sempre me machuca como se fosse uma punhalada. Porque, neste segundo, não tenho nada além dela. E ela sabe disso.

Talvez eu não deva me surpreender com o comportamento de Villanelle, porque, embora seja loucura brigar por causa de um detergente, agora eu entendo como a existência dela tem sido absolutamente solitária. Ela nunca usou uma máquina de lavar louça porque nunca precisou: sempre morou e comeu sozinha. Ao decidir salvar a minha vida, e com isso colocar a si mesma em risco, ela contrariou a própria natureza.

Por que será que está fazendo isso? A encenação da minha morte e a fuga de Londres foram atos extremamente audaciosos e meticulosos. Por que Villanelle está se esforçando tanto por mim? Será que ela gosta mesmo de mim, ou sou apenas um objeto de fixação, uma obsessão que ela precisa saciar? E eu? O que eu sinto, além do fato de que a desejo desesperadamente e vivo para os instantes em que nos procuramos na escuridão?

* * *

Nós conversamos. Aos trancos e barrancos, no início, mas logo passamos a falar por horas a fio. A conversa me distrai das dolorosas contrações estomacais que comecei a sentir. Na primeira vez em que senti, foi como se uma cobra estivesse se enrolando nas minhas entranhas e apertando cada vez mais; fiquei com medo de que fosse gastroenterite ou torção intestinal. Falei para Villanelle e ela deu risada, cutucou minha barriga com força e falou que era fome.

— Eu sentia isso direto quando era pequena. Vai ser ruim por um ou dois dias e aí vai passar.
— E depois?
— Depois seus órgãos internos vão começar a se dissolver.
— Que ótimo.
— É brincadeira. Não vai ter problema. Eu conhecia uma modelo em Paris cuja dieta diária consistia em um único *macaroon* da Ladurée.
— Uau. De que sabor?
— *Pistacchio*.
— Nossa. Eu venderia a alma por um *macaroon* de pistache agora.
— Tarde demais.
— Como assim?
— Sua alma agora é minha. Não está à venda. Vai ter que passar fome.
— Merda. Certo, continua falando.
— Sobre o quê?
— Fala de Paris.
— Eu amava lá. Eu era *une femme mystérieuse*. Ninguém sabia quem eu era, mas eu via as pessoas me olhando e pensava, caralho, ai se elas soubessem. Mas é claro que não sabiam. E era muito bom. Tinha um cara muito rico...

Ela sempre começa se gabando. Adora descrever suas vinganças contra quem a subestimou (uma lista extensa de pessoas) e a facilidade com que superou todo mundo que tentou capturá-la.

Devido à sua tendência de ficcionalizar a própria vida, é difícil para mim estabelecer uma história definitiva, mas já sei dos fatos básicos e, aos poucos, vou juntando as peças. Ela nasceu como Oxana Borisovna Vorontsova em Perm, uma cidade industrial de médio porte perto dos montes Urais. Sua mãe morreu de câncer quando ela era pequena e o pai era um soldado, quase sempre ausente. Diagnosticada com transtorno de personalidade antissocial, Oxana viveu uma infância solitária e sem amigos. Apresentou desempenho excelente nos estudos, mas causava problemas frequentes por comportamentos violentos e desordeiros. Durante o ensino médio, formou um vínculo próximo com a professora de francês, uma mulher chamada Anna Leonova. Certa noite, depois da escola, Anna foi estuprada em um ponto de ônibus. As suspeitas do ataque recaíram sobre um jovem da região, e pouco depois ele foi encontrado em estado inconsciente e vítima de intensa hemorragia.

— Eu o castrei — diz Villanelle para mim, com um toque de arrogância. — Fingi que ia fazer um boquete e cortei o saco dele fora com uma faca. Ninguém descobriu que fui eu.

Na verdade, a polícia local tinha uma boa ideia de quem tinha sido responsável. Eles tinham já uma ficha juvenil de Oxana Vorontsova, mas abandonaram a investigação por falta de provas. Mas tiveram uma conduta mais persistente quando Oxana, já na universidade, foi presa por assassinato. As vítimas eram três gângsteres locais que ela afirmou terem matado seu pai. Isso bate com o que escutei de Vadim Tikhomirov, do FSB, embora haja diferenças consideráveis entre a versão de Villanelle e o relatório oficial. Segundo ela, seu pai era um agente encoberto das forças de segurança e havia se infiltrado na gangue. Segundo a polícia, ele era um capanga do baixo escalão da gangue que tinha sido flagrado roubando dos chefes.

Enquanto esperava o julgamento, Oxana foi libertada por intermédio de um homem chamado Konstantin. Ela nunca soube seu nome completo, mas provavelmente se tratava de Konstantin Orlov, um ex-agente de inteligência que gozava de considerável distinção e renome. Orlov tinha comandado por alguns anos o Diretorado S do FSB, um departamento secreto cuja área de operação incluía a eliminação de inimigos estrangeiros do Estado russo. Na época em que Oxana conheceu Orlov, parece que ele estava prestando um serviço semelhante para uma organização conhecida como os Doze.

— Ele sabia tudo de mim, até da minha infância — lembra Villanelle, com orgulho. — Ele me disse que eu tinha nascido para transformar a história.

Em termos práticos, isso significava que ela se tornaria uma assassina de aluguel dos Doze. Orlov supervisionou seu treinamento e, depois, tornou-se seu contato, instalando-a no apartamento de Paris e enviando-a de tempos em tempos para missões de assassinato.

Villanelle adorou a vida nova. O apartamento espaçoso com vista para o Bois de Boulogne, o dinheiro, as roupas bonitas. Ela até fez uma amiga, uma jovem rica chamada Anne-Laure, com quem almoçava em restaurantes chiques, fazia compras e participava de *ménages à trois* ocasionais. Por outro lado, acho que o que ela adorava mais ainda do que essa existência de luxo era a empolgação secreta de saber que não era a pessoa que o mundo imaginava. Quando ela se olhava no espelho, via não uma jovem e elegante socialite, mas um anjo sombrio, um arauto da morte. Ela era viciada tanto no sigilo quanto no ato de matar em si.

E ainda é. Ela não me conta seus planos para quando chegarmos à Rússia porque reter essa informação é uma forma de estabelecer poder sobre mim. Não sei se consigo convencê-la a afrouxar o controle. Espero que sim, porque, se não pudermos confiar uma na outra, não vamos sobreviver.

Não sou a mesma pessoa de antes. Os acontecimentos da última semana me mostraram um lado oculto meu que sempre neguei e me obrigaram a escutar as batidas que sempre fingi que não existiam. Todas as minhas certezas evaporaram. Villanelle as apagou.

— Puta merda, Villanelle.
— O quê?
— Você passou literalmente a noite toda me chutando.
— Você passou a noite toda peidando.
— Mentira. Você está inventando.
— Não estou. É porque você não caga.
— Ah, agora você virou médica, foi?
— Eve, você não cagou nem uma vez sequer desde que a gente saiu de Londres, e devia ter cago.
— Cagado.
— O particípio de cagar é cagado? Que bosta.
— Engraçadinha. É, é regular.
— Ao contrário de você, *pupsik*. E sabe por que você não caga há uma semana? Porque está reprimida.
— É psicóloga também. Que fascinante.
— Você está com vergonha. Então fica prendendo.
— Não prendo porra nenhuma.
— Você devia matar umas pessoas. Botar pra fora. Aí depois talvez não fique tão constrangida de cagar na frente da sua namorada.
— Repete.
— Repete o quê?
— Namorada.
— Namorada. Namorada, namorada, namorada. Já deu?
— Não. Não pare nunca.
— Você é doida.
— Eu sei. Vem cá.

* * *

A última noite no contêiner é a pior. O vento urra na proa e esmurra as pilhas de contêineres até eles rangerem e gemerem. Na escuridão, as dores de fome e as sacudidas do navio unem forças para me levar à náusea. Dobro os joelhos junto ao peito e fico deitada, de olhos abertos, sentindo o ácido subir pela garganta. E então me viro de quatro e vomito descontroladamente, mas não tem nada no meu estômago para sair. O vento continua o ataque durante horas, até eu ficar de corpo exausto e com a garganta ardida de tanto tentar vomitar a seco.

Durante todo esse processo, Villanelle não diz uma palavra sequer, não demonstra um único gesto de compaixão. Bastaria um toque, mas nada acontece. Não sei se ela está dormindo ou acordada, brava ou indiferente. É como se ela não estivesse presente. Eu me sinto tão abandonada que quase espero acordar sozinha de manhã, se é que a manhã vai chegar.

Por algum milagre, pego no sono. Quando acordo, depois de um período indeterminável, o vento diminuiu, minha dor de barriga passou, e sinto o corpo adormecido quente de Villanelle junto às minhas costas. Permaneço deitada, sem me mexer; meu braço está sob o peso do braço dela, e sinto sua respiração soprar em minha orelha. Tomando cuidado para ela não acordar, me ajeito de modo a conseguir ver o relógio de pulso. São seis da manhã no horário do mar Báltico. Lá fora, o dia está raiando, frio e perigoso.

Villanelle enfim se movimenta, boceja, se espreguiça feito uma gata e afunda o rosto no meu cabelo.

— Você está bem? Parecia péssima ontem à noite.

— Você estava acordada? Por que não falou nada? Eu achei que fosse morrer.

— Você não ia morrer, *pupsik*, você estava enjoada. Nada que eu falasse faria você melhorar, então dormi.

— Eu me senti sozinha.

— Eu estava bem aqui.
— Não podia ter falado alguma coisa?
— O que é que eu devia ter falado?
— Porra, sei lá, Villanelle. Alguma coisa para demonstrar que você sabia o que eu estava sentindo.
— Mas eu não sabia o que você estava sentindo. — Ela se levanta e atravessa os fardos de roupa aos tropeços até a escotilha de segurança. No minuto seguinte, o interior do contêiner é iluminado por uma mirrada luz matinal. Villanelle abaixa a calça e a calcinha e se agacha em cima do balde. Vestida com o suéter grosso, ela parece disforme e degradada, com o cabelo espetado na cabeça feito cravos. Vou até o balde também, mijo depois dela e, em seguida, levo o balde até a escotilha e o despejo para fora. A urina congela imediatamente, engrossando a cascata de gelo amarelado que reveste o exterior do contêiner.

Respiro fundo para aguentar o sopro abaixo de zero do vento e observo o horizonte. Entre o mar e o céu, vejo o ligeiro rasgo de uma faca cinzenta. Não sei se é ilusão de ótica, então pego meus óculos na jaqueta e olho de novo. É terra. Rússia. Olho pela escotilha, tentando organizar meus pensamentos, e então Villanelle chega ao meu lado e pressiona a bochecha gelada na minha.

Ela funga e esfrega o nariz na manga.

— Quando a gente chegar lá, faça exatamente o que eu mandar, entendeu?

— Entendi. — Fico observando a silhueta de São Petersburgo ganhar nitidez gradualmente. — Villanelle?

— Sim.

— Estou com medo. Estou apavorada pra caralho.

Ela enfia a mão por baixo do meu suéter e a coloca em cima do meu coração.

— Isso não é um problema. Ter medo quando há perigo é normal.

— Você está com medo?

— Não, mas eu não sou normal. Você sabe.

— Sei. E não quero te perder.

— Você não vai me perder, *pupsik*. Mas precisa confiar em mim.

Eu me viro para ela, e nos abraçamos. Meus dedos vão para o seu cabelo ensebado, os dela para o meu.

— Foi uma boa lua de mel, né? — diz ela.

— Foi perfeita.

— Você não liga que eu seja uma psicopata?

Fico tensa.

— Nunca te chamei assim. Nunca.

— Não na minha cara. — Ela morde o lóbulo da minha orelha. — Mas é o que sou. Nós duas sabemos disso.

Fico de olho na escotilha de segurança. Já dá para ver outros porta-contêineres, convergindo para o porto distante.

— Escuta, Eve. Sei que você quer que eu, tipo, tente sentir as coisas que você sente...

Não sei se é por causa da fome, da privação de sono, ou se é só o vento gelado, mas meus olhos se enchem de lágrimas.

— Querida, não tem problema, de verdade. Eu... eu fico feliz com você sendo do seu jeito.

— Vou tentar ser mais normal, tá bom? Mas, para a gente sobreviver, você vai ter que ser um pouco mais como eu. Um pouco mais...

— Mais Villanelle?

Ela roça os lábios ressecados no meu pescoço.

— Um pouco mais Oxana.

3

Sentimos o *Kirovo-Chepetsk* diminuir a velocidade. Uma olhada pela escotilha nos informa que o acesso a São Petersburgo está congelado; o gelo se estende por pelo menos três quilômetros mar adentro. Nas horas seguintes, ficamos praticamente imóveis, até que um navio quebra-gelo aparece ao lado esquerdo da nossa proa e começa a abrir uma rota para nós. É um processo desesperadamente lento, e nos alternamos entre ficar deitadas em um silêncio frustrado em cima dos fardos de roupa e contemplar o vento glacial na escotilha à medida que o quebra-gelo rasga caminho, um metro de cada vez, sob os gemidos e protestos da geleira.

Quando o *Kirovo-Chepetsk* atraca no terminal do porto Ugolnaya e as vibrações do motor finalmente se calam de vez, já está escuro há horas. Na caixa de aço que foi nosso lar durante quase uma semana, o ar está carregado com o cheiro do nosso corpo. Acabamos com o queijo e o chocolate, e a fome tortura minhas entranhas. Estou exausta, tensa e apavorada, principalmente com a ideia de me separar de Villanelle. Qual é o plano dela? O que vai acontecer quando abrirem as portas do contêiner? Onde estaremos e o que vamos enfrentar?

O descarregamento começa algumas horas após a atracação. Nosso contêiner é um dos primeiros a ser içado do *Kirovo-Chepetsk*, e meu coração bate acelerado quando nos balançamos no ar e somos fixadas no caminhão que nos aguarda. Dentro dos bolsos fechados da minha jaqueta estão a Glock, que faz

uma pressão incômoda nas minhas costelas, e três pentes de munição nove milímetros. Se escanearem o contêiner em busca de sinais de calor ou o vistoriarem durante uma verificação de segurança, só Deus sabe o que vai acontecer. Igor garantiu em Immingham que não haveria nenhuma verificação dessas, e que seríamos transportadas em segurança até um armazém industrial de São Petersburgo, mas já estamos bem longe de Immingham. Quando o caminhão com o contêiner começa a se deslocar, estendo a mão e toco na bochecha de Villanelle. Ela se retrai, irritada.
— O que foi?
— E se pararem a gente?
Ela boceja.
— Puta merda, Eve.
— E aí?
— Se pararem a gente, faça o que eu mandar.
— Você sempre diz isso. Não ajuda.
— Caguei. Para de me encher o saco.
Ela me dá as costas, e fico deitada, rangendo os dentes. No momento, eu não me incomodaria de ser presa se isso me proporcionasse um prato de comida, e que se danem Villanelle e o futuro. Imagino uma sala quente, uma tigela fumegante de borscht, pão marrom crocante, suco, café... Estou tão furiosa, e tão corroída de fome e ansiedade, que não me dou conta de que a área portuária já ficou para trás.

O avanço do caminhão pela periferia de São Petersburgo é vagaroso, e sentimos o rangido de cada mudança de marcha. Quando finalmente paramos, o silêncio é absoluto. De repente, uma vibração estrondosa toma conta do contêiner, e ele se inclina de tal modo que tudo no interior escorrega e se acumula nas portas traseiras. Vou junto e acabo com a cara bem no joelho de Villanelle. Sacudindo braços e pernas, corremos para tirar os fardos de cima da gente. Estou tão enterrada que dá para sentir a porta gelada de aço do contêiner embaixo do meu corpo.

As portas podem abrir a qualquer momento, e meu coração bate com tanta violência que tenho medo de desmaiar.

Com um rangido agonizante, o contêiner desliza até o chão. Passam-se alguns minutos, e então escutamos uma batida metálica abafada quando as barras de peação são soltas e as portas se abrem. Fico paralisada embaixo dos fardos, com o maxilar travado e os olhos fechados com força, tão apavorada que não consigo nem pensar. O momento se prolonga, mas não escuto nada. Sinto vagamente um dos braços de Villanelle apoiado em minhas costas. De repente, a poucos metros de nós, alguma coisa bate com um estrondo, um motor de caminhão começa a rosnar, e se ouve ao longe um som estridente de portões mal lubrificados.

Nós duas ficamos imóveis por alguns minutos. Depois, sinto o braço se deslocar e os fardos se mexerem. Ainda assim, permaneço paralisada junto ao chão do contêiner, sem me atrever a acreditar que estamos sozinhas. É só quando escuto a voz de Villanelle que abro os olhos e dou uma espiada.

— Ei, imbecil — sussurra ela, apontando a luz vermelha de uma lanterna para o meu rosto. — Está tudo bem. Não tem ninguém aqui.

— Tem certeza?

— Tenho. Pode sair.

Hesitante, vou apalpando o caminho até as portas abertas do contêiner, encontro meus óculos e olho em volta. Estamos na área de carga de um armazém do tamanho de uma catedral. Acima de nós, lâmpadas fluorescentes suspensas de barras enferrujadas emitem uma luminosidade sulfurosa nauseante. À nossa esquerda há o contorno vago das portas de aço, já fechadas, por onde o caminhão do contêiner entrou e saiu. Um fiapo de luz escapa em torno de uma porta embutida em um dos portões. À nossa frente, estendendo-se escuridão adentro, vemos fileiras densas de araras industriais, todas com vestidos de casamento. Parece um exército de noivas fantasmagóricas.

Villanelle gesticula para mim e a sigo. Paro depois de dar alguns passos, tonta e mareada. Estou me sentindo inchada, e uma dor aguda atravessa minhas entranhas.

— Você está bem?

Fico parada por um instante, oscilando.

— Só preciso recuperar o equilíbrio.

Ela franze a testa, se vira para mim e enfia o dedo na minha cintura.

— Dói?

— Dói, como você sabe?

— É óbvio. Não dá para passar uma semana sem cagar.

— Provavelmente não vai demorar para eu resolver isso. Enfim, parou de doer, então vamos.

Contornamos o perímetro do armazém, mas não há nenhuma saída fácil. Vemos algumas portas anti-incêndio de aço, ambas irremediavelmente trancadas. As janelas ficam além do nosso alcance, a pelo menos dez metros de altura, e a claraboia que percorre o teto de um lado a outro fica mais longe ainda. Há uma sala pequena, acessível por uma escada, suspensa acima do piso do armazém. Subimos os degraus. A porta não está trancada, e na mesa há ordens de pagamento e outros papéis que indicam que o armazém pertence a uma empresa chamada Prekrasnaya Nevesta. Bela Noiva. A mesa tem também um telefone barato da TeXet e uma sacola de papel com um sanduíche de linguiça velho.

— Pode comer — diz Villanelle. — Não estou com fome.

É mentira, claro, mas eu o devoro mesmo assim.

— Só não vai achando que vai me beijar tão cedo — diz ela, pegando um par de luvas de látex que ela parece ter sempre à mão. — Esse troço fede. Provavelmente é carne de burro.

— Pode deixar — respondo. — E não estou nem aí.

Ela liga o telefone. Está com um por cento de bateria. Antes que se apague de vez na mão dela, comparo a hora com o meu relógio. Vinte para as seis.

— Que hora você acha que começa o expediente aqui?

— Vi um relógio de ponto na entrada. Vamos voltar lá para baixo e dar uma olhada nos cartões dos funcionários.

Acabamos descobrindo que as primeiras pessoas da equipe chegam às seis, ou pouco depois. Temos menos de quinze minutos.

— A gente precisa agir assim que eles chegarem — diz Villanelle. — Se tentarmos nos esconder, vão nos pegar com certeza.

Enquanto vasculho o contêiner e removo os sinais da nossa presença — mochilas, garrafas d'água vazias, embrulhos de comida, sacos de merda —, Villanelle perambula pelo armazém, examinando as fileiras de vestidos de casamento. Ao longo do corredor central do armazém, aquecedores elétricos enormes com rodas estão posicionados a intervalos regulares, e ela parece se interessar particularmente por um. Depois de alguns minutos, ela volta ao contêiner, pega as sacolas bem amarradas de suas próprias fezes e me indica um esconderijo entre as araras de roupas, a uns dez ou doze metros do portão.

— Espera aqui — diz ela, me entregando as mochilas. — E não se mexe.

Os minutos se passam com uma lentidão torturante. Estou morrendo de medo de as pessoas chegarem mais cedo, Villanelle ser flagrada e me descobrirem enfiada entre os vestidos de casamento. Porém, depois de algum tempo, ela reaparece ao meu lado.

— Quando eu der o sinal, você sai correndo pra caralho até o portão — diz ela, enquanto colocamos as mochilas nas costas. — Não fala nada, não olha para trás, fica perto de mim.

— O plano é esse? Correr pra caralho?

— O plano é esse. Pensa, são civis. Trabalhadores. Vão ficar com muito mais medo de você do que você deles. Não vão ter a menor ideia do que está acontecendo.

Lanço um olhar desconfiado para ela, e bem na hora escutamos o rangido da porta embutida se abrindo. Tiro os óculos do rosto e enfio em um bolso o mais rápido possível. Em seguida, há um murmúrio de vozes e uma sucessão pacata de apitos eletrônicos à medida que os funcionários da Prekrasnaya Nevesta começam a bater o ponto. As lâmpadas no teto piscam e se acendem, um rastro de fumaça de cigarro sobe no ar, e, conforme vultos indistintos passam direto por nosso esconderijo, a distância entre nós duas e o portão parece crescer cada vez mais. Calma, penso comigo mesma enquanto tento estabilizar minha respiração. Vai ser que nem correr pela Tottenham Court Road atrás do ônibus 24. Moleza.

Uma série de murmúrios vibrantes anuncia que os aquecedores foram ligados. Villanelle aperta as alças de sua mochila e assume posição de largada.

— Prepara — sussurra ela, e eu a imito, com a boca seca de tensão. O murmúrio dos aquecedores vira um zumbido, e então ouço um barulho de engasgo, gritos irregulares, um estouro de xingamentos e o som de gente correndo atrás de nós em direção ao centro do armazém. — Vai! — articula Villanelle com a boca, e ela dispara para a entrada do armazém, com a mochila pulando em suas costas.

Estou logo atrás dela, correndo atrás do ônibus. À nossa direita, percebo a confusão distante de vultos aos berros e rostos furiosos virando para nós. De alguma forma, conseguimos chegar ao portão. Villanelle abre a porta embutida, pulamos para fora, e saímos correndo pelo terreno irregular congelado até uma cerca de arame. Um guarda com casaco fluorescente nos aguarda na saída. Ele abre os braços em uma tentativa de nos impedir, e Villanelle saca a Sig Sauer de dentro do casaco e aponta para o rosto dele. O homem se joga para o lado, e estico o braço por trás de Villanelle para abrir a trava do portão externo. Ela empurra o portão e sai, me puxando junto, mas torço o pé no chão congelado e caio de lado com força. Tento me levantar, mas meu tornozelo explode de dor.

— Levanta, Eve — diz Villanelle com um tom de urgência discreta, enquanto uma multidão aos berros começa a sair do armazém.

— Não consigo.

Ela olha para mim, inexpressiva.

— Desculpa, querida — diz ela, e sai correndo.

Sou cercada em instantes. Todo mundo está brigando, me xingando, me encarando, gritando perguntas. Eu me encolho em posição fetal no chão, com os joelhos junto ao peito e os olhos fechados. Dá para sentir o tornozelo inchando. A dor é infernal. Acabou para mim.

— *Otkryvay glaza. Vstavay.* — Abre os olhos! Levanta! Uma voz masculina, agressiva e acusadora.

Tento olhar para cima. Há rostos irados sob um céu cinzento cor de ferro. Quem falou foi um homem mais velho de cabeça raspada e traços esquálidos. Ao seu lado estão uma mulher de quarenta e poucos anos, espectralmente pálida e com dentes descoloridos, e um jovem com uma tatuagem de teia de aranha no pescoço. Outras pessoas, mais ou menos uma dúzia, ficam em volta. Estão usando agasalho com capuz, macacão e botas de trabalho. As vozes são estridentes, mas a maioria só parece confusa.

— *Ty kto?* — Quem é você?

Não respondo. Talvez, como Villanelle esperava, eles achem que sou portadora de alguma deficiência mental. Que as vozes na minha cabeça tenham me obrigado a cometer atos aleatórios de invasão e vandalismo. Talvez, e é mesmo uma hipótese improvável, alguém me leve para um hospital, onde poderei entrar em contato com as autoridades britânicas. Constrangida, vou sugerir comportamento errático como consequência de estresse pós-traumático, o que não é muito distante da verdade. Vão me levar para casa e recomendar repouso. Vai dar bastante trabalho para convencer Niko, mas, com o tempo, ele vai me aceitar e me perdoar. E depois os Doze vão me matar. Merda.

— *Ty kto?*

Olho para o esquálido, e ele profere uma série de instruções. Alguém me obriga a ficar em pé, tiram minha mochila das costas, e duas mulheres me sustentam enquanto volto mancando para o armazém. Enquanto isso, o jovem da tatuagem no pescoço fala em um celular com um tom de urgência discreta. Agora que estou impotente, completamente incapaz de controlar as circunstâncias, percebo que não tenho mais medo.

As duas mulheres me ajudam a passar pelo ressalto da porta embutida, e imediatamente sou agredida por um fedor de revirar o estômago. O cheiro está por toda parte, enche minhas narinas, a garganta e os pulmões, e só piora conforme a gente avança pelo edifício.

— *Zdes vonyayet* — diz uma das mulheres, cobrindo o nariz com um xale, e não posso deixar de concordar. Está fedendo.

Na frente de um dos aquecedores, tudo foi borrifado com uma névoa fina de merda. O chão está coberto de merda escorregadia, assim como o teto e as lâmpadas, e uma dúzia dos vestidos de casamento mais elaborados, antes rosa-claros, brancos perolados ou marfim, estão salpicados com um marrom nada romântico.

A distração improvisada de Villanelle se revelou espantosamente eficaz. Eu estava tensa demais para prestar atenção enquanto ela preparava, mas agora entendo o que foi feito. Como imaginou que uma das primeiras coisas que os trabalhadores da Prekrasnaya Nevesta fariam seria aquecer o armazém assim que chegassem, ela encheu o interior de um dos aquecedores com meia dúzia de sacolas biodegradáveis bem amarradas de sua própria merda. As sacolas derreteriam rápido, e os circuladores de ar fariam o resto. O aquecedor em questão foi desligado, mas continua fumegando e gotejando.

Nojento, mas clássico de Villanelle. Uma obra característica, digamos, infundida da genialidade e escatologia que ela aplica às suas melhores criações. Mesmo com ânsia de vômito por causa da catinga, consigo reconhecer a extravagância que me inspirou a persegui-la desde o início. Também não resisto a interpretar o cenário como uma mensagem pessoal. É como se ela estivesse dizendo: se você está sonhando com um final feliz, pode esquecer, só tem merda. E claramente é o que ela pensa mesmo, porque ela sumiu. Tendo que escolher entre me resgatar e se salvar, ela deu no pé.

Óbvio. Ela é uma psicopata.

As duas mulheres me levam até o centro do armazém, onde o esquálido está esperando, e tem uma cadeira para mim. Colocam minha mochila ao meu lado. Dadas as circunstâncias, fico admirada com a civilidade e a consideração deles.

— *Ty kto?* — perguntam de novo, e de novo eu fico olhando com um ar perdido.

— *Kto ona takaya?* — Quem é ela? O esquálido aponta na direção em que Villanelle saiu, e franzo a testa como se não entendesse a pergunta, nem soubesse de quem ele está falando.

— *Ona bolnaya na golovu* — diz a mulher com o xale, e, diante da sua sugestão de que eu tenho problemas mentais, olho para ela com uma expressão miserável e, para minha surpresa, percebo que estou chorando.

Depois de começar, não consigo mais parar. Inclino o corpo para a frente na cadeira, enfio o rosto nas mãos e choro de soluçar. Sinto os ombros tremerem e as lágrimas escorrerem pelos dedos. Perdi meu marido, meu lar e, em todos os sentidos práticos, a vida. Estou presa em um país que mal conheço, obrigada a usar um idioma que não sei direito, fugindo de um inimigo que não sei nem como começar a identificar. Niko acha que eu morri, mas os Doze não vão se deixar enganar com tanta facilidade. A única pessoa que poderia me manter em segurança era Villanelle, e agora eu a perdi também.

Não sei quanto tempo fico nesse estado lamuriento, mas, quando enfim levanto a cabeça, o cara da tatuagem no pescoço abaixa o celular.

— Dasha Kvariani está vindo — anuncia ele, sério. — Ela vai chegar a qualquer momento.

Esfrego os olhos com o dorso da mão e olho para os rostos à minha volta. Quem quer que seja essa Dasha, sua chegada claramente não é bom sinal.

Eles são cinco. Os quatro homens são jovens, truculentos, bem-vestidos. Eles param de repente assim que entram, apertam o nariz e trocam olhares incrédulos. A mulher ignora o cheiro e os funcionários aglomerados, avança até o centro do armazém e olha à sua volta. Neste entorno, ela é deslumbrante. Casaco preto de pele de cordeiro fechado até o pescoço, olhos verdes frios, cabelo castanho lustroso na altura do queixo.

Ela faz um gesto para os homens se aproximarem. Dois vêm até mim, precedidos por uma lufada nauseante de perfume. O primeiro me obriga a me levantar e me submete a uma revista cheia de desprezo, e o segundo esvazia minha mochila no chão e separa a Glock e os carregadores do meio dos suéteres amassados e das meias e calcinhas sujas. A mulher olha para a pistola. Ela apoia as mãos nos joelhos, se inclina para a frente e me encara com atenção. Depois, me dá um tapa, muito forte.

Quase caio da cadeira. Não é o impacto doloroso do golpe que me abala, e sim a presunção de que eu seja uma pessoa que possa e deva apanhar desse jeito. Olho para ela, boquiaberta, e ela me bate de novo.

— Então, como você se chama, sua puta fedida? — pergunta ela. Insultos em russo podem ser criativos.

Sinto alguma coisa mudar dentro de mim e me lembro das palavras de Villanelle. A exigência de que eu fosse mais como ela. Mais como Oxana. Ela não ficaria largada em uma cadeira, com os olhos cheios de lágrimas, esperando o pior. Ela ignoraria o medo, engoliria a dor e planejaria o passo seguinte.

Na minha vida inteira, nunca bati em ninguém. Então, quando pulo da cadeira e dou um soco bem na ponta do nariz bonito de Dasha Kvariani, minha surpresa é quase tão grande quanto a dela. Um barulho de bolacha crocante, um jato de sangue nas narinas, e ela se afasta de repente, com a mão no rosto.

Todo mundo fica imóvel, e os dois homens que me revistaram seguram meus braços. Estou tão cheia de adrenalina que não sinto nada. Até meu tornozelo ficou anestesiado. A tal Kvariani está xingando furiosa, com uma voz carregada de sangue e muco. Não consigo entender tudo, mas distingo as palavras *"ogromnaya blyat oshibka"*, que significa "que erro do caralho, sua filha da puta". Ela profere uma série de ordens, e dois funcionários do armazém saem e voltam, respectivamente, com um rolo comprido de barbante industrial e uma das araras altas de aço.

Os dois homens me levantam na frente da arara e amarram minhas mãos atrás das costas com o barbante, prendendo com gestos experientes. Minha confiança vacila, e não sei se meu tornozelo machucado vai me sustentar por muito tempo. Quando meus joelhos começam a tremer, os dois homens me levantam pelas axilas e me depositam na barra horizontal da base da arara, a pouco mais de um palmo do chão. Em seguida, sinto os pulsos serem puxados com força para cima e pendurados na barra superior. Fico caída para a frente, com os braços na vertical e sentindo a dor rasgando meu pescoço e os ombros. Faço esforço para manter o equilíbrio, ciente de que, se meus pés escorregarem da barra, vou deslocar os dois ombros, mas meus joelhos estão bambos e o tornozelo torcido está pegando fogo.

A dor, agora inseparável do som dos meus soluços e engasgos, piora. Dasha Kvariani para na minha frente, e só vejo dela as botas de cano curto com forro de pele. Em seguida, aparece um balde de plástico com água ao lado das botas, as mãos dela o levantam, e logo depois estou encharcada, me engasgando com o frio gelado. Me debato com tanta violência que a arara se inclina para o chão. Falta uma fração de segundo para eu arrebentar a cara quando mãos invisíveis seguram a arara e a endireitam de novo. Não sinto mais nada nos braços e nos ombros. Preciso me esforçar para respirar, sugando ar para os pulmões comprimidos. Estou com tanto frio que nem consigo pensar.

Um barulho de tiro, estranhamente alto, e então as luzes diminuem um pouco e escuto o som de vidro caindo. Depois, um estalido surdo e um baque.

— Dasha Kvariani. Você está bonita, *suchka*. — É Villanelle, com uma calma letal na voz. Fico tão aliviada que começo a chorar. Ela voltou para mim.

— Vorontsova? — A voz de Kvariani é grave e irregular. — Oxana Vorontsova? Achei que você tivesse morrido.

— Errado. Solta ela daí agora, sua vaca, senão te mato.

Mãos me desamarram e me ajudam a descer para uma cadeira. Fico sentada por um instante, pingando e tremendo de frio. Villanelle está de pé, com as pernas afastadas, por cima do corpo inconsciente de um dos brutamontes que me amarraram na arara. Ele está sangrando de um ferimento feio na cabeça causado, imagino, pela coronha da Sig Sauer de Villanelle. Não sinto pena, e fico feliz de ver que a arma em questão está apontada para um ponto fixo entre os olhos de Dasha Kvariani.

— Manda alguém trazer roupas secas para ela — demanda Villanelle, lançando um olhar para mim, e Kvariani gesticula para a mulher pálida, que sai correndo nervosa, esmagando com as botas pedaços de vidro da lâmpada destruída pelo tiro.

— Pode fazer o favor de explicar que merda você está fazendo aqui? — pergunta Kvariani a Villanelle. — E guarda essa Sig. Afinal, nós duas somos ex-colegas de Dobryanka.

Devagar, Villanelle abaixa a arma.

Kvariani aponta para mim.

— Ela é sua?

— É.

— Desculpa se pegamos pesado com ela. Mas preciso perguntar de novo, Vorontsova, que porra é essa que está acontecendo? O proprietário desta empresa me paga para evitar qualquer problema aqui, e de repente me ligam para dizer que duas mulheres malucas encheram o lugar de merda humana, danificaram máquinas e destruíram centenas de milhares de rublos em mercadorias. Tipo, o que é que eu faço?

A mulher pálida volta, pega a minha mão e me conduz até um banheiro feminino decadente. Ela me arranjou uma camiseta, um suéter rosa sujo e um macacão desbotado parecido com o que os funcionários da Prekrasnaya Nevesta usam. Há uma toalha de rosto imunda pendurada atrás da porta. A mulher faz um gesto vago na direção das roupas e some. Quando acabo de vestir as roupas secas e volto mancando, Villanelle e Dasha Kvariani estão conversando e rindo juntas. No lugar do brutamontes com a ferida na cabeça agora só há uma mancha comprida de sangue. Quando me aproximo, Villanelle e Dasha olham para mim.

— Você ficou bonitinha — diz Villanelle para mim, em inglês. — O *look* proletário combina com você.

— Aham, muito engraçada. Você reparou que não faz cinco minutos que a sua nova melhor amiga estava me torturando?

— Ei, ela pediu desculpa, está muito arrependida. E ela é uma amiga antiga, não nova. A gente se conhece da cadeia.

— Mundo pequeno.

— É, pois é. Dasha era famosa em Dobryanka, todo mundo chamava de "Quebra-pescoços". O pai dela era um líder de gangue respeitado no *vorovskoy mir*. Ele era tão poderoso em São Petersburgo que a promotoria não se atreveu a julgar Dasha na comarca local, então ela foi despachada para Perm, a mil e quinhentos quilômetros de distância. E ainda assim a família dela conseguiu dar um jeito em tudo.

— Que ótimo.

— *Anglichanka?* — pergunta Dasha, exibindo os dentes para mim. — Você é inglesa?

Eu a ignoro. Os músculos dos meus ombros ainda estão me matando.

— E por que ela foi julgada? — pergunto a Villanelle em inglês. — O que ela fez?

— Ela estava no metrô uma noite, voltando da faculdade. O trem estava megalotado, e um cara começou a passar a mão.

— Na minha bunda — diz Dasha. — Então eu... — Ela imita o gesto de pegar a cabeça do cara nos braços e girar com violência. — O pescoço dele fez um barulho de... *popkorn*.

— Nossa.

— Pois é, né?

— Não tinha testemunhas?

— Tinha, mas meu pai falou com eles. — Ela começa a falar em russo.

— Ela disse que aquele foi o momento *Me Too* dela — explica Villanelle.

4

— Acho que é melhor você começar a me chamar de Oxana — diz ela, um pouco ressentida.
— Também acho. Eu gostava de Villanelle.
— Eu sei. Nome legal. Mas agora é perigoso demais.
— Humm. Certo... Oxana.
Estamos deitadas em pontas opostas de uma banheira esmaltada antiga enorme no apartamento de Dasha. Janelas altas dão vista para uma rodovia larga de onde se escutam vagamente o murmúrio e o chiado do trânsito e as batidas metálicas de bondes. Nem preciso dizer que Oxana ficou na ponta da banheira sem a torneira, mas a água quente é uma bênção depois do nosso confinamento no contêiner.
O apartamento fica no terceiro andar de um prédio neoclássico gigantesco de uma região chamada Avtovo. O prédio deve ter sido muito chique no passado, o tipo de propriedade onde autoridades do Partido Comunista moravam com a família, mas claramente o lugar está em decadência há muito tempo. As ferragens estão desgastadas, o elevador range e o encanamento estala e resmunga.
— Olha a cor da água dessa banheira — diz Oxana, brincando com os dedos dos meus pés.
— Eu sei, que nojo. E você ficar peidando sem parar também não ajuda muito.
— Ajuda sim. É divertido. Olha. Aperta o cu, bolhinhas pequenas. Relaxa o cu, bolhas maiores.

— Sensacional.

— Quem mora sozinha aprende a fazer bem esse tipo de coisa.

— Imagino. Então qual é a história com a Dasha?

— Como assim, qual é a história?

— A gente é hóspede dela, prisioneira...?

— Dasha e eu estávamos presas juntas em Dobryanka, e, segundo o código do crime, o *vorovskoy zakon*, somos irmãs. Irmãs de assassinato. Isso significa que ela tem que me ajudar. Eu falei que eu era um *torpedo*, uma matadora, para uma família poderosa na Europa, e que tive que sair rápido. Por enquanto, ela não precisa saber mais do que isso.

— E eu?

— Ela não perguntou de você.

— Eu sou só a namorada do *torpedo*?

— Quer que eu diga que você trabalhava para o MI6? Sério? Falei o que precisava para conquistar a confiança dela, porque agora a gente precisa dela. Precisamos de identidades novas, passaportes, a porra toda, e ela pode arranjar. Ou pelo menos conhece gente que pode arranjar. Basicamente, a gente pode ficar aqui o tempo que for, e ela vai ajudar e não vai nos entregar. Mas também vai esperar que eu faça alguma coisa para retribuir. Algo grande. Então a gente precisa esperar para ver o que vai ser essa coisa.

— E o que é que eu faço?

— Nada. Pode abrir um pouco a água quente? Está ficando frio aqui deste lado.

— Não tem mais água quente. Como assim, nada?

— Você, sei lá, fica à toa. Dasha sabe que você é minha mulher. Ela não vai envolver você em nada ilegal.

— Uau. Isso parece... Porra, nem sei o que parece.

Ela experimenta uma mordiscada no meu dedão do pé.

— Você quer ser gângster, *pupsik*?

— Quero estar do seu lado. Não vim até aqui para fazer compras.

— Eu vim. Vou deixar você com um visual incrível.
— É sério, Oxana. Não sou sua peguete.
— É sim. Você sabia que seus pés têm gosto de queijo Emmental? Daquele cheio de buracos grandes?
— Você é esquisita pra caralho, sabia?
— Eu sou esquisita? É você que está na banheira com uma psicopata.

Tento acomodar a cabeça nas torneiras.

— Que tipo de coisa ilegal Dasha faz?
— O de sempre. Contrabando, cartões de crédito, proteção, drogas... Provavelmente drogas são o principal. Gennadi, o pai dela, comandava uma brigada para a Kupchino Bratva, que controla o tráfico de heroína em São Petersburgo, e quando ele se aposentou, Dasha herdou a liderança da brigada. É quase inédito uma mulher em cargo alto nas gangues, mas ela já era uma *vor* totalmente efetivada, e as pessoas a respeitavam.
— Imagino. Ela é uma sádica do caralho.
— Eve, *pupsik*, você precisa superar o que aconteceu hoje cedo. Encara pela perspectiva dela. Aquele armazém da Prekrasnaya Nevesta paga pela proteção dela, e a gente fez uma bagunça lá. Dasha precisou passar a imagem de que estava com a situação sob controle.
— Ela não precisava me torturar.
— Ela só torturou um pouquinho.
— Ela teria me torturado muito se você não tivesse aparecido.
— Era só o trabalho dela. Por que é que, quando uma mulher é firme no trabalho, as pessoas sempre acham que ela é uma vaca?
— Pergunta complicada.
— Eu digo. É porque a gente espera que homens torturem e matem gente, mas, quando uma mulher faz isso, é interpretado como violação de estereótipos de gênero. É ridículo.

— Eu sei, querida, a vida não é justa.
— Não é mesmo. E, só para sua informação... — Ela joga água da banheira no meu rosto. — Eu gostaria da sua gratidão pelo resgate hoje cedo.
— Obrigada, minha namorada protetora e feminista.
— Você sempre com esse papinho furado.

Preciso reconhecer que Dasha cuida muito bem da gente. O apartamento é impessoal, e o quarto onde ela nos instala tem um ar de cômodo fechado e abandonado. As janelas, que estão trancadas, têm aquele aspecto grosso, esverdeado, de vidro à prova de balas. Mas a cama até que é confortável, e depois do café da manhã, trazido por uma jovem que se apresenta como Kristina, nós duas dormimos de novo.

Quando acordamos, é quase meio-dia, e estamos famintas outra vez. Parece não ter ninguém no apartamento, fora Kristina, que nitidamente estava esperando a gente sair do quarto. Ela entrega um casaco forrado de penas para cada uma e nos conduz para fora do apartamento, e descemos até a rua no elevador trepidante. Meu tornozelo está menos inchado do que antes, e, embora eu ainda sinta dor, dá para andar.

É bom pegar sol direto. O céu é de um azulão escuro, e a neve da manhã congelou, revestindo de branco cintilante os edifícios sujos amarelo-pardacentos. O almoço é Big Mac e batatas fritas, e depois Kristina nos leva por uma distância curta na Stachek Prospekt até o Kometa, um cinema que foi convertido em brechó. Os assentos foram removidos da sala de exibição, que agora ostenta fileiras e fileiras de araras de roupas. As opções vão desde moda gótica e punk até fantasias antigas de teatro, uniformes militares e policiais, trajes eróticos e joias caseiras. O lugar tem cheiro de bolor e perfume, como lugares assim sempre têm, e é estranhamente comovente perambular pelas roupas debaixo de candelabros art déco e vasculhar os resíduos esfarrapados da vida de outras pessoas.

— Com essas roupas, vai parecer que vocês passaram a vida toda em São Petersburgo, que nem gente de subcultura — diz Kristina.

Alta e de pernas longas, com cabelo cor de trigo e um jeito delicado e hesitante, é peculiar que ela seja integrante de uma gangue. Ela não fala muito, mas, quando fala, é com uma voz tão baixa que a gente precisa se esforçar para ouvir.

Oxana aperta a minha cintura.

— Reinvente-se, *pupsik*. Vá à loucura.

Seguindo esse espírito, decido escolher coisas que eu jamais teria considerado na minha vida anterior. Um casaco de veludo azul-marinho, com forro de seda em trapos, e cuja etiqueta o identifica como propriedade do Teatro Mikhailovsky. Uma jaqueta com rebites pintada com slogans anarquistas. Um suéter de *mohair* listrado de amarelo e preto, que nem uma abelha. Reparo que estou me divertindo, algo que nunca senti antes ao comprar roupas. Parece que Oxana também está gostando do dia. Ela é tão implacável fazendo compras quanto em qualquer outra parte de sua vida e não hesita em arrancar uma roupa das minhas mãos se quiser pegar para si.

Uma visita a um salão de beleza e manicure nas redondezas completa nossa repaginada. Kristina paga tudo com dinheiro de um rolo grosso, que imagino que seja de Dasha. No salão, ela fica sentada em silêncio, olhando para o nada, enquanto Oxana e eu somos atendidas. A cabeleireira faz um long bob em mim, e Oxana fica com um pixie espetado. Minhas unhas são pintadas de turquesa, as dela, de preto. Quando acabamos, Kristina nos oferece um raro e tímido sorriso.

— Agora vocês parecem russas de verdade — diz ela.

Depois, pegamos um táxi para o parque Aviatorov. Não sei por que Kristina quer nos levar lá. Talvez seja o máximo de atração turística que Avtovo tem a oferecer. À medida que o dia escurece e começam a soprar torvelinhos de neve fresca à nossa volta, passeamos pelo parque quase deserto até um lago congelado cercado de árvores esqueléticas escuras. Na margem do outro lado, vemos um monumento soviético no topo de um promontório. Um caça MiG saltando para o céu, paralisado no instante da decolagem. Kristina aponta para ele com um gesto entediado e prossegue no caminho fantasmagórico pela trilha que contorna o lago congelado. Só nesse momento me ocorre que ela recebeu ordem de nos manter fora do apartamento pelo máximo de tempo possível, para que Dasha possa revirar nossos pertences e decidir o que fazer com a gente. Talvez até resolva nos entregar.

Pergunto isso a Oxana, e ela duvida.

— As únicas pessoas que teriam interesse em mim, na gente, são os Doze, e eles operam em um nível muito acima de gente como a Kupchino Bratva.

— Mas pode ser que Dasha tenha ouvido falar deles. Ela supostamente tem acesso a todo tipo de informação do submundo.

— Deve ter mesmo, mas isso não a levaria até os Doze.

— E se ela fizer a associação? Hipoteticamente.

— Como ela entraria em contato com eles? Pelo Facebook?

Faço que sim com a cabeça, não totalmente convencida.

— Olha, Dasha não chegou até a posição de brigadeira de uma *bratva* sendo idiota. Se ela romper o código *vory* e me trair para os Doze ou qualquer outra pessoa, nunca mais vai ter a confiança de ninguém. Além disso, eu a mataria. Talvez não na hora, mas um dia eu iria atrás dela, e ela sabe disso.

Passam-se os dias, e começo a me sentir mais forte. Meus ombros ainda estão doloridos, sobretudo de manhã, e não consigo andar muito sem sentir o tornozelo reclamar. Mas Dasha nos alimenta bem, e os efeitos de viver dentro de um contêiner à base de rações de fome estão começando a se dissipar. Oxana sai para correr todos os dias, às vezes por duas ou três horas, e se submete a uma rotina de exercícios rigorosa ao voltar. Eu passo o tempo tentando melhorar meu russo, lendo edições antigas da *Vogue* de Dasha e escutando a rádio Zenith, a estação local de atualidades.

Dormir com Oxana é muito diferente de dormir com Niko. Enquanto o corpo de Niko era inequívoco, tão familiar a ponto de fazer parte do meu despertar e adormecer, o de Oxana é enigmático. Quanto mais o exploro, mais misterioso ele parece. Duro e macio, frágil e predatório. Ela me absorve cada vez mais. Às vezes mergulha em um silêncio impenetrável, ou me afasta, tensa de raiva contra alguma ofensa imaginária, mas em geral ela é ágil e delicada. É como se fosse uma gata, bocejando, se alongando, ronronando com músculos esguios e garras ocultas. Quando dormimos, ela fica de costas para mim, e me encaixo nela. Ela ronca.

Ela não dá detalhes sobre nossa saída da Inglaterra e tem certeza de que Dasha acredita, mais ou menos. Já pediu para Dasha nos providenciar passaportes domésticos russos e identidades novas. Parece que é possível, por um preço.

O que Oxana não comentou ainda com Dasha foi a questão de Lara Farmanyants, que no momento padece na prisão Butyrka, em Moscou. Por mim, eu ficaria feliz se aquela vaca passasse o resto da vida lá. Além de ser a ex de Oxana, ela tentou me matar. Mas Oxana quer tirá-la de lá e está pensando em perguntar a Dasha se seria possível dar um jeito com os contatos *vory* dela.

Tento não deixar isso me incomodar, mas Oxana sabe como me sinto vulnerável em comparação com a sua ex-namorada e ela nunca perde a chance de fazer comentários sobre o físico incrível de Lara, o porte atlético, a virtuosidade sexual. Um lado racional meu sabe que é impossível essa saudade que ela diz sentir de Lara, e que provavelmente ela mal figura em seus pensamentos. Mas o amor não é racional, e, apesar da crueldade casual de Oxana, parei de tentar fingir para mim mesma que não me apaixonei por ela.

Sei que não posso falar isso de jeito nenhum, assim como tenho certeza de que Oxana nunca vai dizer que me ama, porque essas palavras não significam nada para ela. Sei que a culpa é toda minha. Acreditei que conseguiria, de alguma forma, moldar sua natureza insensível, e, à luz da realidade, percebo que isso é impossível. Mas os dias de inverno em São Petersburgo são curtos e as noites, longas. Na cama que compartilhamos, envolta em trevas e sonhos e no cheiro cálido do corpo dela, volto a acreditar nisso.

Uma semana depois de nossa chegada, Kristina nos leva a uma loja de departamentos que tem uma cabine de fotografia. Quando voltamos, Dasha pega as fotos e nos avisa que devemos receber nossos passaportes domésticos russos e outros documentos de identidade até o final da semana. Ao todo, para nós duas, o custo vai ser de mil e quinhentos dólares americanos, e Oxana paga imediatamente. Dasha diz que existem versões mais baratas, mas que podem ser reconhecidas como falsas. Fico feliz de ver a entrega do dinheiro, porque estou começando a ficar incomodada com a ideia de aceitar a hospitalidade de Dasha por tempo indeterminado, com ou sem código *vory*. Também estou ciente do espírito cada vez mais inquieto de Oxana, que as corridas e os exercícios não conseguem aplacar.

— Preciso trabalhar — diz ela, andando em círculos pelo apartamento feito uma pantera enjaulada. — Preciso me sentir viva.

— Eu não faço você se sentir viva? — pergunto, e na mesma hora me arrependo. Oxana me encara com um olhar de pena e não fala nada.

Depois de guardar o dinheiro dos documentos, Dasha nos diz que vai oferecer um jantar no apartamento à noite. Seu chefe vai vir, o nome dele é Asmat Dzabrati, e devemos chamá-lo de *Pakhan*, ou líder. Pelo visto, é um sujeito extremamente respeitado. Um chefão da máfia das antigas, que nos anos de juventude tinha fama de usar um machado para eliminar rivais. Pakhan virá acompanhado de três outros brigadeiros, além de Dasha. Ela deixa claro para nós que é uma ocasião importante e está ansiosa para que tudo dê certo. Kristina vai nos emprestar roupas adequadas.

Oxana está de péssimo humor, então a prova de roupas não corre bem. Ela dá uma olhada no guarda-roupa de Kristina, pega um smoking Saint Laurent, segura na frente do corpo, se olha no espelho e sai sem falar nada.

Kristina a observa.

— Tudo bem?

— Ah... você sabe.

Ela dá um ligeiro sorriso.

— Sei sim.

— Kristina?

— Kris.

— Kris... você está com Dasha?

— Estou. Há um ano já.

Fico olhando para a coleção de vestidos, sem saber por onde começar.

— Você a ama? — pergunto, por impulso.

— Amo, e ela me ama. Um dia vamos nos mudar para um vilarejo em Karelia. Talvez adotemos uma filha.

— Boa sorte.

Ela tira um vestido Bora Aksu de seda com babados, examina-o e franze o cenho.

— Você e sua Oxana. O plano é viverem felizes para sempre?

— Algo assim.

Ela me entrega o vestido.

— Ela é uma assassina, né? Profissional.

Retribuo o olhar dela. Escuto o som da minha respiração.

— Reconheço logo de cara. O olhar que essas pessoas têm. Você gosta do nome Elvira? Acho que é bonito para uma menininha.

Asmat Dzabrati é um dos homens menos impressionantes que já vi. Baixo, de cabelo ralo e olhos miúdos e brandos, ele é o último convidado a chegar para a noite. Sua entrada é discreta, mas ele imediatamente se torna o centro das atenções. Pakhan detém o tipo de poder que não se declara, mas que é evidente pela postura das outras pessoas. Conforme o ajudam a tirar o sobretudo modesto, conduzem-no a uma cadeira e lhe servem uma bebida, os outros convidados executam uma elaborada dança deferencial, posicionando-se à sua volta por ordem de hierarquia. O núcleo é constituído por Dasha e por outros brigadeiros, cercado por um cordão de guarda-costas e soldados rasos, e por fim as esposas e namoradas. Oxana se esgueira por entre esses grupos feito um tubarão, sem jamais chegar a parar, enquanto eu perambulo pelo perímetro externo de mulheres perfumadas e vestidas para matar, escutando conversas com um sorriso no rosto, e me desloco caso haja qualquer sugestão de que se espere de mim algo além de um gesto de concordância com a cabeça.

Estamos no salão principal do apartamento. O cômodo é decorado com um estilo de pesada imponência e dominado por um retrato iluminado de Dasha posando de smoking, com um charuto na mão. Na frente do retrato, entre os janelões que dão vista para a Stachek Prospekt, uma escultura de gelo do presidente russo cavalgando um urso goteja em cima de um aparador. Do outro lado do salão, um garçom de paletó branco com cabeça enfaixada serve bebidas em um bar muito bem abastecido.

Demoro para reconhecer o capanga que Oxana nocauteou no armazém. Os colegas dele debocham e dão tapinhas condescendentes em seu rosto ao pegarem bebidas, rindo da estupidez dele ao permitir que uma mulher o enviasse para o hospital.

Pego uma taça de champanhe rosé letão com o barman remendado, que me encara com um olhar constrangido, e procuro Oxana na multidão. Ela está concentrada conversando com Dasha, e, embora eu não consiga escutar nada do que estão falando, percebo o brilho insinuante nos olhos de Oxana e o sorriso lento e malicioso de Dasha. Elas olham para mim e riem, e, apesar do impulso de jogar a taça na cara delas, decido bebericar o champanhe doce e gelado.

Kris se materializa ao meu lado. Ela está elegante com um chiffon cinza, mas parece deslocada em meio às mulheres cintilantes da Kupchino Bratva, como uma traça entre vaga-lumes.

— Que mulherada mais chata — murmura ela para mim.
— É impossível manter uma conversa inteligente com qualquer uma. Elas só sabem falar de três coisas: roupas, filhos, e de como fazer seus homens pararem de galinhar.
— Meu Deus do céu.
— Exato. Meu Deus do céu! Elas estavam me contando sem parar de como a babá é preguiçosa, como passa o tempo todo se fartando na geladeira, conversando com as amigas pelo WhatsApp e ignorando as crianças, Dima ou Nastya, e aí olham para mim cheias de pena, como se tivessem acabado de lembrar, e falam: "Ah, claro, você não tem filhos, né? Você acha que vai ter se encontrar o cara certo?" E é claro que preciso ser educada e seguir o teatrinho, porque Dasha ficaria furiosa se eu fosse grosseira, mas minha vontade é dizer: "Quer saber, suas quengas? Nunca vai ter nenhum 'cara certo', então vão pra puta que pariu".

Para Kris, é um discurso e tanto.

— Tem certeza de que essa *vorovskoy mir* toda combina com você? — pergunto.

Ela me oferece um sorriso cansado.

— Eu amo a Dasha, e esse é o mundo dela, então acho que precisa ser o meu também. Como você e Oxana se conheceram?

Fico alerta. Será que Dasha a mandou tentar obter informações sobre nós? Mas então viro o champanhe e fito Kristina nos olhos, e ela é de uma inocência tão transparente, e estou tão desesperada atrás de alguma aliada, que quase sinto a tentação de contar a verdade.

Mas não conto.

Dasha bate palmas para anunciar que o jantar está servido e acompanha Pakhan para fora do cômodo. O restante de nós segue os dois a um ritmo pacato até um salão de jantar ornamentado, onde há uma mesa longa posta para vinte pessoas. Um lustre de cristal produz raios iridescentes de luz, o ar está carregado do perfume de lírios, e ao longo do centro da mesa, envolto por talheres dourados e taças, um esturjão selado jaz feito um cadáver. Cartões de lugar indicam onde cada um deve se sentar, e o protocolo é rigoroso. Pakhan ocupa o lugar de honra, cercado por Dasha e por outro brigadeiro, os soldados se dispõem ao lado deles, e as mulheres se concentram em volta das extremidades da mesa.

Oxana, que está deslumbrante no smoking, foi colocada entre dois soldados, e vejo seus olhos se apertarem de raiva quando ela se dá conta de que não pôde se sentar junto da elite da Kupchino Bratva. Descobri do jeito difícil como ela reage mal a qualquer sinal de desrespeito. Alguma chave vira nela. Tomada pela necessidade de restabelecer o controle sobre a situação, ela é capaz das piores atrocidades. Vejo um dos homens tentar puxar assunto com ela e ser ignorado cruelmente. Eu poderia ter falado para ele não se dar ao trabalho. Ela é impossível quando fica assim.

— Então qual é o seu homem? — pergunta a mulher sentada à minha esquerda, à medida que uma seleção de *blinis*, saladas e caviar é trazida à mesa, junto com bandejas de prata com copos de vodca. Uma rápida olhada no cartão dela me informa que seu nome é Angelina. Ela tem olhos inquietos e cabelo da cor de caramelo queimado.

— Estou com Oxana — respondo. — Ali, de terninho preto.

Ela me observa com um olhar de incerteza.

— Pavel — diz ela, indicando com a cabeça um dos homens que Oxana ignora obstinadamente. — Meu marido. Ele é um *boyevik*. Um dos subalternos de Dasha.

— E o que ele acha de trabalhar para uma mulher?

— Ele diz que não se incomoda, porque ela é esperta como um homem.

— E o que você faz? — pergunto, passando caviar em um *blini*.

— Como assim, o que eu faço?

— Você trabalha ou...?

— Aguento Pavel e as palhaçadas dele justamente para não ter que trabalhar. — Ela abaixa o olhar para o seu decote, que está salpicado de estrelinhas douradas. — É por isso que a gente se casa com esses caras da *bratva*. Eles são ricos. Não a ponto de sair na *Forbes*, mas, você sabe, dá para ter conforto. E você é de onde? Seu russo é, tipo, muito esquisito.

— Sou de Londres. É uma longa história.

— E essa Oxana, vocês são amigas ou...

— Parceiras.

— Parceiras de trabalho?

— De vida.

O rosto dela fica vazio por um instante, e então ela se anima.

— Esse seu vestido é lindo, onde comprou?

Sou poupada de responder quando Dasha se levanta, ergue o copo e oferece um demorado brinde ao Pakhan.

— Vida longa e saúde ao pai de nossa *bratva* — conclui ela.

— Morte aos nossos inimigos. Força e honra à pátria.

Pakhan pisca, dá seu sorrisinho discreto e leva o copo aos lábios.

— Eu também gostaria de dar as boas-vindas à minha irmã Oxana — continua Dasha. — Passamos férias juntas em Dobryanka, o melhor resort dos montes Urais. E acreditem, amigos, essa desgraçada aqui não é nada fácil. Falaram para nós que ela tinha se enforcado na cela, mas aqui está, viva e bem.

Oxana faz uma reverência, sorri e ergue o copo para Dasha.

— De uma desgraçada nada fácil para outra, *spasibo*.

A essa altura, é evidente que Dasha acha que precisa me incluir na conversa.

— Você e Oxana fizeram uma viagem e tanto, não? A rota do contêiner pelo Báltico pode ser bem fria, imagino.

Um silêncio educado se abate sobre a mesa, e dezenove rostos se viram para mim. Forço minha boca a sorrir e, com uma súbita falta de confiança no meu russo, tento explicar que Oxana e eu passamos a semana inteira tremendo.

Dasha arregala os olhos de espanto e começa a rir. Todo mundo ri também, até Pakhan. Os homens me encaram e se olham, repetindo minhas palavras às gargalhadas, e Dasha está com o rosto coberto de lágrimas. A risada se estende por um bom tempo, enquanto meus olhos vão desesperadamente de pessoa em pessoa. Até Kris está sorrindo.

— Não se preocupe — diz um dos brigadeiros, enxugando os olhos com o guardanapo. — Você está entre amigos. Seu segredo está protegido.

Só uma pessoa não achou graça, e é Oxana, que me encara com um ódio gélido e puro.

O jantar parece não acabar nunca. Uma sequência interminável de sopas, carne assada, beterraba defumada, esturjão com cogumelos porcini, bolinhos e confeitos. E vodca, copinhos e mais copinhos de vodca. De vez em quando, alguém oferece um brinde. Ao companheirismo, à lealdade, à honra, à vida *vory*, às belas mulheres, aos amigos ausentes e à morte. Tento bebericar discretamente, em vez de virar o copo, mas não demora e logo fico perdida e miseravelmente bêbada. O tempo começa a se arrastar até quase parar. As conversas e os risos crescem e diminuem, o salão entra e sai de foco. Angelina e as outras tentam puxar assunto, mas desistem quando descobrem que só consigo balbuciar respostas simplistas com a voz enrolada. De tempos em tempos, lanço um olhar em direção a Oxana, mas ela está fazendo questão de me evitar e conversar e flertar animada com todo mundo à sua volta. Um mínimo sorriso de cumplicidade ou olhar de compaixão transformaria a minha noite, mas não há nenhum. Os olhos dela passam direto por mim como se eu simplesmente não existisse.

Enfim, milagrosamente, bebemos o último brinde. *Na pososhok*, a saideira. Todo mundo se levanta, e Pakhan sai do salão acompanhado pelos guarda-costas. Imóvel na porta, vejo os convidados irem embora. Alguns sorriem para mim, alguns apertam minha mão; uma ou duas das mulheres, claramente tão bêbadas quanto eu, me abraçam como se fossem velhas amigas. Quando Oxana passa, seu rosto parece feito de pedra.

O apartamento fica vazio, restando apenas Dasha, Kris e Oxana diante dos restos vítreos da escultura de gelo.

— Vai para a cama — ordena Oxana quando me aproximo.

— Dasha e eu precisamos conversar.

— Planejar outra sessão de tortura? — pergunto, e Dasha faz a gentileza de parecer constrangida. — Deixa só eu falar que adorei a noite. A comida estava divina e seus amigos são encantadores. Gostei especialmente do Pakhan. Ele é um escândalo.

— Eve, por favor — murmura Oxana. — Você não está cansada de passar vergonha, não? Faz um favor para todas nós e dá o fora.

Obedeço e sigo com cuidado pelo silêncio pesado até o nosso quarto. Ali, me sento na beirada da cama por dez minutos, escutando as marteladas da minha pulsação conforme a vodca se espalha pelo meu organismo. Afasto uma cortina e vejo um bonde deslizar arduamente pela rua, despejando fagulhas intermitentes pelo cabo superior. Depois, vou à cômoda, abro a segunda gaveta e tiro a Glock de baixo do meu suéter listrado de abelha. Fico triste por não ter tido a chance ainda de usar o suéter, mas é hora de aceitar o fato de que minha vida acabou. Tomei uma sequência catastrófica de decisões, das quais a pior foi confiar minha vida a uma assassina com problemas de saúde mental cujo interesse por mim é, na melhor das hipóteses, efêmero. Ela me convenceu de que eu não tinha onde me esconder, de que ela era minha única chance de sobrevivência, e eu me convenci de que era verdade.

Chega a ser ridículo, mas agora não adianta mais. Fechei minhas portas. Não tenho país, não tenho amor, não tenho ninguém.

Será que quando eu atirar em mim mesma, vai doer? Será que minha última sensação vai ser uma dor inconcebível? Ou será que é verdade o que dizem, que a gente não escuta o tiro que nos mata, que dirá sentir. Que é só... a luz se apagando?

Acho que não suporto a ideia de um tiro na cabeça. Não quero ser encontrada sem metade do crânio e com o cérebro espalhado no estofamento de seda da cabeceira e nas cortinas de damasco. Não tenho nenhum apreço especial por Dasha, mas também não quero obrigá-la a redecorar o quarto.

Um tiro no coração, então. Vai ser adequado em muitos sentidos. Provavelmente vou demorar um pouco mais para morrer, mas não vou ser desfigurada. Tiro os óculos e os coloco na mesinha de cabeceira. Em seguida, tiro os sapatos e me deito na cama, com dois travesseiros embaixo do torso. Lá vamos nós. O fim do medo, da preocupação, de tudo.

Quando fico confortável em cima dos travesseiros, prendo o carregador na Glock e puxo o ferrolho. A arma agora está preparada, mas, para atirar no meu próprio coração, tenho que invertê-la, apoiar o cano no peito e encaixar o polegar no guarda-mato. É uma manobra complicada de fazer bêbada. Glocks não têm trava de segurança, e sim um gatilho duplo. É preciso apertar os dois ao mesmo tempo, e estou alinhando meu polegar neles quando um som fraco invade minha consciência.

É Oxana. Ela aparece na porta, e de repente está em cima de mim, arrancando a Glock das minhas mãos. Eu a encaro. Ela está gritando, mas os movimentos de sua boca não correspondem às palavras. Ela pula da cama, vai até a janela, abre as cortinas bruscamente e fica parada, de costas para mim. Ouve-se um estalo metálico de quando ela trava a Glock.

— O que você pensa que está fazendo? — Sua voz é baixa, praticamente inaudível.

— O que parece?

— Você não é tão idiota assim.

— Não seria idiotice. Dá uma porra de um motivo para eu continuar.

Ela franze o cenho.

— A gente.

— A gente? Oxana, tudo o que eu faço é te deixar irritada. Você não me conta sobre os seus planos e, quando fala comigo, parece que me odeia. Não existe a gente.

— Eve, por favor.

— É disso que estou falando. Desse tom de voz. Eu te irrito.

— E por isso você resolve que vai se matar?

— Tem alguma ideia melhor?

Ela volta para a cama.

— Você é uma imbecil, Eve. Uma imbecil do caralho.

— Não sou, não. Sou bem inteligente. Você que é imbecil.

Ela se senta na cama, estende a mão e toca na minha bochecha. Dou um tapa para afastá-la, desço as pernas pela lateral da cama e me sento de costas eretas, tremendo de raiva.

— Você fica muito sexy nesse vestido.

Eu a ignoro, me levanto e começo a andar em direção à porta, embora não tenha muita noção de aonde estou indo. Ela salta da cama pelo outro lado, atravessa o quarto aos pulos e para na minha frente. Em vez de diminuir o passo, estendo o braço, pego nela pelo pescoço e a empurro com força contra a parede. Eu a seguro ali, e ela engasga e arregala os olhos, mas não resiste.

— Quero que você me trate com gentileza — digo, cuspindo as palavras na cara dela. — Não estou nem aí se é difícil para você. Já está na hora de aprender a ser gente, porra.

— Entendi.

Atrás da minha mão, o pescoço dela pulsa como uma anaconda.

— Não entendeu, não, porque você é preguiçosa demais para entender. Você se esconde atrás do seu rótulo de psicopata porque serve de desculpa. Mas você não é um simples distúrbio mental ambulante, e você sabe disso.

— Então o que é que eu sou? — pergunta ela, em tom de deboche. — Pode responder quando terminar de me sufocar. O que, aliás, eu curto.

— Uma pessoa que não sabe lidar com o fato de que tem, ao seu alcance, uma pessoa viva de verdade que desistiu de tudo por você. De tudo.

Com um movimento quase casual, Oxana pressiona os nós dos dedos no meu cotovelo esticado, e o choque dos nervos se propaga até os meus dedos. Eu solto o pescoço. Ela então me agarra pelas orelhas, arranca um tufo de cabelo em cada mão e puxa meu rosto até ficar colado ao dela, olho a olho, nariz a nariz, boca a boca.

— E o que você quer em troca, Eve? — sussurra ela.

Respondo pegando o lábio inferior dela com os dentes e mordendo. Oxana dá um sopro leve, e sinto o gosto de seu sangue.

— Quero você — digo. — Quero ser sua, e quero que você seja minha.

A gente fica ali por um instante, ambas imóveis, só respirando.

— Por completo? — pergunta ela.

— Por completo.

Ela afasta minha cabeça para me olhar e, lentamente, desliza o dedo indicador no meu rosto. Pela sobrancelha, descendo a bochecha, entre os lábios, que estão grudados com o sangue dela. Seca rápido.

— Então tá bom — diz ela. — Então tá bom. — Ela pega meus óculos da mesa de cabeceira e encaixa cuidadosamente no meu rosto. — Pronto, agora você me enxerga direito.

— Você ainda é uma desgraçada — sussurro, pegando nas mãos dela.

— Eu sei, *pupsik*. Sinto muito. — Ela me olha com seriedade. — Amanhã a gente senta e planeja. Juntas. Dasha vai nos dar passaportes e dinheiro, mas preciso fazer algo para ela. *Nós precisamos fazer algo para ela.*

— O quê?

— A gente pode conversar sobre isso amanhã? — Ela me puxa para si. — Porque agora estou pensando em outras coisas.

— Sério? Que tipo de coisas?

— Só... coisas.

— Estou bem bêbada.

— Percebi. Eu também. Mas não tanto.

Uma hora depois, estou quase pegando no sono quando me ocorre algo.

— Querida?

— Humm?

— Por que todo mundo riu de mim no jantar? Quando falei que tinha passado a semana inteira tremendo? Qual foi a graça? Eles estavam, tipo, se mijando de rir.

— Foi o seu russo. Tremer é *drozhala*, e você falou *drochila*.

— O que significa *drochila*?

— Masturbar.

— Querida?

— Eve, faz o favor de calar a porra da boca e me deixa dormir.

— O que Dasha pediu para você fazer?

— Você precisa mesmo saber neste segundo?

— Preciso.

— Ela me pediu para matar Pakhan.

5

A quinzena seguinte passa rápido, e, pela primeira vez desde que saímos de Londres, Oxana parece calma e concentrada. Ela é discreta por natureza, um arquétipo de loba solitária, e não é fácil planejar um assassinato junto comigo. Também não é fácil para mim; afinal, homicídio é homicídio, mesmo se a vítima pretendida é uma pessoa horrível como Pakhan. Mas nós duas resistimos. Oxana começou a compartilhar ideias comigo, e consegui ignorar o que ela despreza como minha "culpa civil" e me concentrar em questões de ordem prática e logística. Sempre fui boa nisso.

Fico comovida com o esforço empregado para que nossa colaboração dê certo e, não só isso, para que nosso relacionamento dê certo. Ela não tem nenhum instinto para orientá-la nisso. Oxana sabe me estimular, manipular e magoar, mas, embora a gente tenha passado quase um mês inseparáveis, ela ainda acha impossível decifrar meus sentimentos. Às vezes reparo nela me observando, com seus olhos cinza-mar, tentando acessar minhas emoções. Isso me parte o coração. Nem imagino a solidão que deve ser viver com o nariz grudado eternamente na vitrine que a separa das outras pessoas. Existir sempre no frio, tentando olhar para dentro.

Vou fazê-la sentir meu amor, mesmo que morra tentando.

Asmat Dzabrati, o Pakhan, tem sessenta e nove anos. Ele mora em um apartamento em um prédio enorme e cinza de dezessete andares na Malaya Balkanskaya Ulitsa, perto da estação de metrô Kupchino. Ele tem alguns apartamentos lá, cujos ocupantes incluem, entre outros, seus quatro guarda-costas, sua ex-mulher Yelena, e Rushana, sua irmã, e o marido. Ele também tem um apartamento pequeno alugado atrás da loja de departamentos Fruzensky, não muito longe, onde mantém a namorada, uma ucraniana de vinte e quatro anos chamada Zoya, que ele conheceu através de uma agência de acompanhantes. Sua família e Yelena não aprovam esse relacionamento e se recusam a aceitar Zoya, então ela nunca vai ao prédio na Malaya Balkanskaya.

Os pontos frequentes de Pakhan são o apartamento de Zoya, uma clínica na Nevsky Prospekt onde Zoya recebe aplicações de Botox e ele, injeções de rejuvenescimento, e as termas Elizarova, na Proletarskaya. Reuniões com os brigadeiros da Kupchino Bratva são realizadas em um restaurante osseta chamado Zarina, que tem uma sala privativa reservada para Pakhan e seus convidados, ou nas termas. De vez em quando, Dzabrati também recebe visitas em casa, e Rushana banca a recepcionista para gângsteres e suas famílias. De tempos em tempos, vai a consultas com seu cardiologista em uma clínica particular no centro da cidade. Ele tem algum problema cardíaco, provavelmente fibrilação atrial, para o qual toma comprimidos de Digoxina.

Essa informação é fornecida por Dasha e foi confirmada por operações de vigilância organizadas por Oxana. Participei de algumas dessas, mas sempre de longe. Em geral, fico sozinha no apartamento da Stachek Prospekt, compilando e processando informações. Eu queria sair com Oxana, mas ela tem medo de que eu me perca ou chame atenção de algum jeito. Provavelmente ela tem razão. Meu senso de direção é terrível, e, quando me mandaram fazer um curso no A4, o departamento de vigilância do MI5, tive uma dificuldade constrangedora e nunca consegui acertar o protocolo de comunicação.

Então Oxana vai sozinha, que é como ela prefere. Em algumas ocasiões, ela sumiu por períodos inteiros de vinte e quatro horas, voltando com frio e fome e completamente exausta. Nesses momentos, eu sabia que nem adiantava tentar falar com ela. Então só enchia a banheira, oferecia queijo e sanduíches de pepino e xícaras de chá e a colocava na cama.

Todas as informações que coletamos entram em um arquivo, que examinamos constantemente em busca de padrões recorrentes. Até agora não encontramos nenhum. Apesar do estilo de liderança à moda antiga, Pakhan é astuto feito uma raposa e, segundo Oxana, bem versado em técnicas de antivigilância. Compromissos e reuniões acontecem sempre de última hora, são usados carros falsos, e os motoristas sempre variam as rotas. Até onde conseguimos averiguar, ele nunca usa transporte público.

Estamos procurando rachaduras nessa fachada. Vulnerabilidades que possamos explorar. Decidi tratar a operação como um exercício intelectual, mais ou menos como eu encarava minhas atividades no MI5. Quando comecei a perseguir Oxana, perdi esse distanciamento e me deixei me envolver demais. Com esse projeto, estou determinada a recuperar minha objetividade.

— Que tal você tomar um banho? — pergunto a Oxana. — Eu encho a banheira. A gente pode tomar juntas.
— Só depois que eu resolver isto.
— Só depois que *a gente* resolver isto.
— Que seja.

Estamos no quarto, sentadas em poltronas de veludilho poeirentas, analisando hipóteses de assassinato. Aparentemente, Oxana reage ao processo de solução de problemas interrompendo toda e qualquer atividade relacionada a higiene, e hoje ela está particularmente emporcalhada. Seu cabelo está desgrenhado na cabeça, parecendo uma coroa de pontas oleosas, a calça jeans está rota, e o suéter rosa imundo do armazém da Prekrasnaya Nevesta, que ela roubou de mim e usou durante uma semana inteira, está exalando um cheiro pavoroso.

— Dasha falou por que exatamente ela quer que Pakhan seja eliminado? — pergunto a Oxana.
— Não precisa.
— Ela quer comandar a *bratva*?
— Ela percebe que ele está ficando fraco. Envelhecendo, perdendo o controle. Então precisa agir, caso contrário um dos outros vai. É assim que funciona.
— E depois, o que acontece?
— Assim que Pakhan estiver morto, Dasha convoca uma reunião com os outros brigadeiros e anuncia que está no comando. Ninguém vai declarar abertamente que ela foi responsável pela morte dele, mas todo mundo vai saber, e também vai saber que quem criar caso vai ser eliminado junto.
— Vai ser um problema o fato de ela ser mulher?
— Não devia, mas vai. A representatividade das mulheres no mundo do crime organizado russo é muito ruim. Dasha me contou as estatísticas, e são um horror.
— Então a gente...
— Isso, *pupsik*, o que a gente está fazendo é bom.

Não me convenço. Mas aqui estamos. Como Oxana diz, se não matarmos Dzabrati, outra pessoa vai matar. Então é melhor aceitarmos a encomenda, pegarmos nossos documentos e o dinheiro e desaparecermos. Tenho receio de que, se ficarmos tempo demais aqui, de alguma forma os Doze vão ouvir falar de nós.

— Vamos repassar as opções — sugiro. — Tem certeza de que não podemos entrar no prédio dele?
— Poderíamos, mas seria difícil. Esses edifícios residenciais soviéticos grandes com corredores estreitos foram projetados para facilitar a vigilância de todo mundo que passa. O prédio possui dois elevadores, ambos muito lentos, e sempre tem um *boyevik* na entrada da rua e outro no nono andar, onde Pakhan e o pessoal dele moram. Além disso, Dzabrati nunca fica sozinho no apartamento. Sempre tem um guarda-costas. Junta parentes,

crianças... Não é impossível, nada é impossível, mas deve ter opções mais fáceis.

— Certo. A casa de Zoya.

— É possível. Ele é levado para lá de duas a três vezes por semana, geralmente tarde da noite. Um guarda-costas o acompanha até o apartamento de Zoya, espera do lado de fora enquanto ele faz sabe-se lá o que com ela, e depois desce com ele de volta para o carro.

— Que nojo. Ele é o quê? Quarenta e cinco anos mais velho que ela?

— A pobreza é nojenta, Eve. Vai por mim, já passei por isso. Além do apartamento, provavelmente ela ganha uma mesada generosa, tipo milhares de dólares por mês, e, em vez de trabalhar como faxineira ou como *cam girl* em algum cortiço na Ucrânia, ela pode passar o dia em salões de beleza e comprando roupas bonitas.

— É. Só que ela precisa estar disponível para um velho bizarro com cara de coelho sempre que ele tem vontade de transar. E odeio com todas as forças imaginar de que tipo de sexo ele gosta.

— Duvido que ele curta qualquer coisa pesada demais. Ele tem aquele negócio cardíaco, e, se ela for esperta, sabe controlá-lo. Eu conhecia uma garota na universidade que tinha um namorado velho rico. Ele dava tudo para ela: dinheiro, roupas, viagens... E nunca sequer encostava nela. Ela só precisava se masturbar com brinquedos eróticos enquanto ele olhava, e mais nada. Como ela dizia, era o tipo de coisa que ela já fazia sozinha mesmo.

— É bizarro mesmo assim.

— Diz a bissexual convertida.

— É isso o que eu sou?

— Não é? Nós duas já transamos com homens, afinal.

— Mas é isso que você se considera? Bissexual?

— Não me considero nada, mas, tecnicamente, é, acho que sim.

— Então o que você quer dizer? Que ainda quer transar com homens?

Ela dá de ombros.

— Tem sensações piores.

— Vai tomar no cu, Oxana. Sério, vai tomar no cu.

— Então você não quer transar com homens de novo? Nunca mais?

— Não quero transar com ninguém mais além de você.

— Interessante.

Eu caio na dela, claro, como ela já sabia que ia acontecer.

— Por que você nunca, *jamais*, fala nada gentil?

Ela me lança uma olhadela.

— Porque é muito mais divertido te provocar, claro. Você sabe que eu pedi para Dasha perguntar por aí sobre a Lara?

Não respondo. A única notícia que quero ouvir sobre Lara é que ela morreu.

— Bom, pedi. E, aparentemente, ela foi solta de Butyrka por falta de provas. O caso dela não vai ser julgado mais.

— Bom, viva o sistema judiciário incorruptível da Rússia. Você vai entrar em contato com ela?

— Não. Por que eu faria isso?

— Você vive falando dela.

— Só para te deixar com ciúme, imbecil. Lara era boa de sexo, mas era bem burrinha. Lembro quando a gente estava em Veneza, jantando no hotel, e pedi um risoto de lagosta, que era tipo a *specialità della casa*, e o sommelier perguntou que vinho a gente queria e Lara respondeu que queria licor Baileys. Quer dizer, sinto muito, mas aquilo é asqueroso. Depois a gente se beijou, e deu para sentir o gosto na língua dela.

— Obrigada por esse detalhe. Eu estava tentando não pensar em vocês duas em Veneza.

Ela dá de ombros.

— Aconteceu. E preciso admitir que eu gosto de abacaxi na pizza.

— Isso sim é asqueroso.
— Vou levar você no Hank's, em Paris. É superdelicioso.
— Não sei se quero experimentar, mesmo em Paris.
— Ah, tsc, sua puritana. Nem imagino como é que consegui te levar para a cama.
— Você não me "levou" para a cama.
— Ah, é isso que você acha?
— Eu pulei. Não fui empurrada.
— É mesmo?
— É. E definitivamente não vou comer pizza de abacaxi.
— Veremos. Mas, voltando ao apartamento de Zoya. Entrar no apartamento enquanto Pakhan estivesse lá seria difícil; tem uma câmera de vigilância de alta definição, e a porta é reforçada. Ele jamais permitiria Zoya deixar uma pessoa desconhecida entrar. Muito mais fácil matar Dzabrati e o guarda-costas dentro do prédio, mas fora do apartamento, em um dos espaços públicos. De preferência quando eles estiverem saindo, andando do apartamento para o elevador.
— Como você entraria no prédio?
— Descobri que no segundo andar mora um homem solteiro que dá aula em uma das universidades e recebe visitas regulares de uma aluna. Sei o nome dos dois e posso fingir ser uma amiga dela, indo lá para levar um recado urgente. Ele me deixaria entrar. Então eu poderia imobilizá-lo e partir daí. Não é o ideal, mas é possível.
— O restaurante?
— Também possível. Eu poderia entrar, dar um tiro na cara de Pakhan, matar alguns guarda-costas antes que eles conseguissem reagir, e dar o fora rápido. Mas restaurantes grandes e movimentados como o Zarina são complicados. Vivem cheios, são bem iluminados, e têm circuitos de câmeras. Seria uma bagunça, e haveria muitas testemunhas.
— Testemunhas definitivamente seriam um problema.

— Exato. Temos que achar uma solução que não inclua matar os guarda-costas nem nenhum outro soldado. Dasha jamais conseguiria preservar a confiança e a lealdade da gangue se eles soubessem que ela foi responsável pela morte dos colegas. Basicamente, a gente precisa pegar Pakhan sozinho e eliminá-lo sem que ninguém veja.

— Ele fica sozinho no *banya*, isso a gente sabe. E indefeso.

— E como você sugere que eu, ou a gente, entre nas termas? Ele vai em dias exclusivos para homens.

— Deve ter um jeito.

Oxana franze o cenho.

— Passei horas lá em um dos dias para mulheres. Conheço a planta do lugar todo. Conferi armários, nichos no teto, dutos de ventilação, esse tipo de coisa, e literalmente não tem lugar nenhum para se esconder. O lugar tem bem mais de um século, foi construído na época dos tsares, com mosaicos e estátuas clássicas. E tem clientes por todos os lados.

— Caras pelados com toalha enrolada na cintura.

— Bom, mulheres no dia em que eu fui. Mas é.

— Portanto, nenhuma arma.

— É praticamente impossível esconder uma arma dentro de termas.

— Fala de novo como é a rotina.

— Por quê?

— Oxana, por favor, me fala.

— Está bem. A gente entra pela porta da rua, paga o ingresso na bilheteria e vai para um vestiário grande com armários, onde deixa as roupas e pega a toalha. Depois, passa pelas salas de vapor. Lá tem caixas de brasas, que parecem fornos enormes com pedras quentes, e bancos de madeira junto das paredes para as pessoas se sentarem. Tem um balde, que é enchido em uma torneira e usado para jogar água em um buraco da caixa de brasas. Isso produz vapor, que aumenta o calor.

— Tipo uma sauna?

— Igual. Só que é tudo maior. E é mais sociável que uma sauna europeia, onde todo mundo fica sentado em silêncio. Depois, tem uma espécie de sala de resfriamento, com colunas de aço e placas de mármore onde dá para receber massagem, e as pessoas se batem com ramos de bétula, o que supostamente faz bem para a circulação. — Oxana cruza os braços. — Eve, você já sabe disso tudo, já descrevi antes.

— Eu sei. Fala de novo. Só estou tentando entender um negócio.

— Tudo bem, tem também uma sala com uma piscina pequena.

— Fria ou aquecida?

— Fria. A gente chega lá pela sala de vapor.

— Qual é o tamanho?

— É individual. Mais ou menos um metro e meio de profundidade.

— O que mais o lugar oferece?

— Tem uma sala de chá com um samovar. Dá para pedir bolo, *blinis* e tal.

— A qualidade é boa?

— Bastante.

— O que você comeu?

— Uma fatia de bolo mil-folhas.

— Só uma fatia?

— Tudo bem, duas.

— Então você não se incomodaria muito de voltar lá? E me levar?

— Não. Mas, como nunca vamos conseguir entrar lá no dia dos homens, não sei de que adiantaria.

— Me escuta, está bem? Tenho uma ideia.

— Sou toda ouvidos.

Conto para ela. Depois, ela fica sentada por um minuto, imóvel. Em seguida, vai devagar, mas agitada, até a janela, fazendo gestos irrequietos com os dedos.

— O que você acha?

Ela se vira.

— Pode dar certo. Se Dasha conseguir o que a gente precisa, com certeza pode dar certo.

— Mas?

— Mas seria um trabalho para nós duas. Você teria que participar. Então...

— Então?

— Você está pronta? Matar é uma via de mão única. Não tem volta.

— Estou pronta.

Ela me encara por um instante e meneia a cabeça.

— Certo.

— Oxana?

— Sim?

— Tenta não ser uma desgraçada. A gente pode ser uma boa dupla.

— Está bem. Prepara a banheira.

Com o plano concluído, e os preparativos feitos, Oxana e eu nos vemos cheias de tempo livre. Saímos juntas para longas caminhadas, especialmente em Kupchino, o bairro periférico que dá nome à gangue de Dasha. É um lugar barra-pesada; uma selva de prédios residenciais deteriorados de concreto entrecruzados por viadutos e canais congelados. Separadas da cidade por um distrito industrial ao norte, as ruas frias lembram uma colônia lunar abandonada, mas, como não há muito sinal de presença da polícia ou de câmeras de vigilância, nós nos sentimos seguras aqui. Este é o feudo de Dasha, e, quando os contornos cinzentos monolíticos dos edifícios residenciais se amaciam à luz rosada do entardecer, chega a ficar quase bonito.

Grande parte das nossas caminhadas transcorre em silêncio. Às vezes, passamos uma hora sem falar, simplesmente andando lado a lado sob um céu gelado riscado por fios de eletricidade e cabos de bondes. Às vezes, olho para ela e a vejo ali comigo, totalmente presente; às vezes, ela está com o olhar perdido, em sua própria dimensão. Oxana está se esforçando muito para me tratar com consideração, embora não seja nada natural para ela. Então, às vezes ela para de repente do meu lado na calçada e limpa delicadamente a neve do meu rosto com a luva da mão, ou me pergunta coisas estranhas e gentis como se estou feliz, ou se quero um chá. Quando vejo a expressão determinada e ligeiramente perplexa nos olhos dela nesses momentos, sinto vontade de abraçá-la, mas sei que seria uma infração de sua regra de não chamar atenção em público. Então respondo, com sinceridade, que estou feliz. Não penso no homicídio que nos aguarda. Penso no agora, e em nós duas, e no minúsculo e efêmero brilho da gentileza dela.

É segunda-feira, nove dias depois, e Dasha acabou de ouvir que Pakhan mandou o motorista levá-lo direto do apartamento na Malaya Balkanskaya para a *banya* Elizarova. Para mim e Oxana, está ótimo. Estamos com tudo preparado, e já está nevando forte agora à tarde, o que vai comprometer a eficácia das câmeras de vigilância nas ruas em volta das termas.

Saímos do apartamento ao meio-dia a caminho da estação de Kupchino e pegamos o metrô no sentido norte até a Moskovskaya, duas estações depois. Nosso veículo está aguardando em frente ao Alfa Bank, conforme o combinado. É uma ambulância Gazelle, com uns dez anos de idade, e continua com as luzes de emergência e a sirene, mas toda a parafernália do lado de dentro foi removida. Segundo Dasha, empresários ricos costumam alugar "táxis-ambulâncias" como essa para furar os engarrafamentos de São Petersburgo e chegar a tempo em suas reuniões. Com a sirene berrando e as luzes piscando, elas conseguem atravessar os piores congestionamentos.

Calçamos luvas de látex antes de pegar a chave em cima do pneu traseiro, onde o proprietário as deixou, e abrimos a Gazelle. Após conferir os equipamentos, vestimos uniformes azuis oficiais de motoristas de ambulância e colocamos nossas perucas e um gorro de algodão. A peruca de Oxana é um tom gritante de ruivo cor de hena, e a minha, loura platinada. Oxana dirige. Estamos bem adiantadas, então ela segue pela faixa de menor velocidade no sentido leste da estrada, negociando, impassiva, com o pesado trânsito. Ela irradia tranquilidade, e seus olhos não revelam nada além de expectativa. Quanto a mim, estou uma pilha. Ora fico concentrada ao extremo, e meu entorno se torna vibrante e supernítido, ora tudo me parece achatado e bidimensional, e me sinto tão desligada de tudo que é como se outra pessoa estivesse vivendo a minha vida.

Às quinze para as duas, já estamos em posição. Oxana estaciona na rua estreita ao lado da *banya* Elizarova, a trinta metros da entrada, colocamos os pés para cima e esperamos a chegada de Pakhan. Meu coração pula sem parar, e me sinto como se estivesse flutuando, enjoada. Faltam só dois minutos para as duas quando ele chega, saindo de um SUV Mercedes preto, e ligo o celular para acessar a microcâmera que implantamos nas termas três dias atrás. A câmera, ativada por movimento, é do tamanho da unha do meu polegar e está presa por um punhado de chiclete do tamanho de um caroço de cereja.

Para meu horror, meu celular apita um alerta de bateria fraca. Está em três por cento. *Merda*. Falo para Oxana, com um aperto no coração. Em vez de perder tempo brigando comigo por ter me esquecido de carregar o celular, ela só meneia a cabeça; concentração pura. Os segundos e minutos se arrastam com uma lentidão agonizante. Dois por cento de bateria. Pakhan só vai para a piscina, onde a câmera está escondida, depois de atravessar todas as salas de vapor. Toco no ícone do aplicativo, e uma imagem granulada da piscina aparece na tela. Há alguém na piscina, um cara grande, boiando feito uma baleia, e definitivamente não é Pakhan. Ele sai da água e desaparece. Em seu lugar, dois homens mais velhos descem a escada e, um de cada vez, mergulham rapidamente e voltam a sair.

A bateria agora está em um por cento, e a piscina está vazia. A bateria vai acabar daqui a alguns minutos. O pavor me enche de náusea. O medo de decepcionar Oxana soterrou toda lembrança do que viemos fazer aqui. Ficamos olhando a tela minúscula. Oxana respira a um ritmo regular. A peruca dela, que tem cheiro de suor antigo, pinica minha bochecha. Uma pessoa entra no campo de visão da câmera no mesmo instante em que a tela se apaga.

— Vai — diz Oxana, pegando o estojo de primeiros socorros e a bolsa de medicamentos. — Vai, vai, vai.

Pego com firmeza no desfibrilador portátil. É do tipo monofásico, com pelo menos vinte anos, e pesado. Oxana abre a porta lateral da Gazelle, desatamos a correr pela calçada e adentramos a *banya* em questão de segundos. Há dois recepcionistas sentados na recepção, atrás de uma pilha baixa de toalhas dobradas. Quando nos veem, os homens fazem menção de se levantar, e Oxana grita para eles continuarem sentados. Eles parecem incertos, mas nossos uniformes representam autoridade, então obedecem.

Oxana vai na frente, marchando a passos rápidos pelo vestiário, ignorando os indivíduos seminus que ficam paralisados de surpresa com a nossa presença, e entra no piso úmido das salas de vapor. Aqui também, todo mundo fica olhando e ninguém se mexe. O calor sufocante deixa minha cabeça toda suada, e meus óculos embaçam tanto que não consigo enxergar o caminho. Oxana pega no meu braço e me puxa para a área fria da piscina. Esfrego os óculos na minha camisa, e lá está Pakhan, sozinho e pelado, com água até o peito na pequena piscina de mármore. Ele tem uma coleção impressionante de tatuagens desbotadas, incluindo uma faca no pescoço, estrelas de oito pontas nas clavículas e dragonas nos ombros.

— Está tudo bem? — pergunto para ele, sem fôlego. — Recebemos um código 112.

Ele me encara boquiaberto, sem entender a situação nem, provavelmente, meu russo macarrônico. Enquanto isso, Oxana larga tudo o que está segurando e liga o desfibrilador.

— Estou bem — diz Pakhan, sorrindo. — Houve algum engano.

— Sinto muito — murmura Oxana, encostando as pás do desfibrilador na superfície da água. Pakhan treme, arregala os olhos, escorrega de lado com a barriga para cima, e suas pernas se arrastam embaixo d'água. O rosto dele fica da cor de rejunte, e os lábios, de um cinza azulado. Os dedos se retorcem e tentam segurar a água. Reparo que as mãos são até pequenas para um homem que matou várias pessoas com um machado.

— Um pouco mais? — sugiro.

— Se afasta — diz Oxana, dando mais uma descarga elétrica.

Nem assim Dzabrati morre. Ele fica só boquiaberto, sustentado pela água, me encarando com um olhar de tristeza, como se estivesse decepcionado pela peruca que escolhi. Então me ajoelho, seguro no pulso de Oxana com uma das mãos para me equilibrar e, com a outra, empurro a cabeça dele para baixo d'água até as bolhas pararem de subir. Não demora muito. Nem preciso fazer muita força.

Ainda estou ajoelhada quando, com um som molhado de chinelos de plástico, os dois recepcionistas chegam.

— Acho que ele sofreu um ataque cardíaco — explica Oxana. — A gente está tentando tirá-lo daqui. Vocês podem ajudar?

Um dos homens desce a escada na água, e, juntos, os dois conseguem deitar o corpo nu de Pakhan no piso de azulejos. Enquanto isso, Oxana levanta o braço discretamente e tira a microcâmera de cima do batente da porta. Eu me ajoelho ao lado do corpo molhado de Pakhan e imito uma tentativa de reanimação cardiopulmonar. Sem surpreender ninguém, não funciona.

* * *

Uma hora depois, Oxana e eu estamos nos afastando da ambulância, que deixamos na frente do Alfa Bank da Moskovskaya, onde a encontramos. Estamos vestidas com nossas roupas de novo. Os uniformes da ambulância, as perucas e os equipamentos médicos foram jogados na traseira de um dos caminhões de lixo da cidade e, no momento, estão indo para um aterro sanitário.

— Mil desculpas pelo celular... — começo, mas Oxana está carinhosa, quase esfuziante. Estou usando meu suéter preto e amarelo por baixo do casaco de couro, e ela me chama de *pchelka*, sua abelhinha.

— Você foi muito bem — diz ela, enlaçando o braço no meu e fazendo a gente dançar pela Moskovsky Prospekt em direção ao metrô. — Você não se perdeu nem por um instante. Estou superorgulhosa.

Oxana decide que está com fome e nos leva para dentro de um McDonald's meio vazio, onde pedimos McLanches Felizes.

— As pessoas acham que existe uma fronteira bem definida entre a vida e a morte — diz ela, enfiando batatas fritas na boca. — Mas não é nada disso. Tem toda uma região no meio. É fascinante.

Desembrulho meu hambúrguer. Estamos com o rosto a centímetros de distância uma da outra.

— Dasha falou quando conseguiria arranjar os documentos e o dinheiro?

— Falou. Esta semana.

— Então temos um plano?

— Temos, com certeza.

— Qual é?

— Você precisa confiar em mim, *pchelka*.

— Não, você precisa confiar em mim, lembra?

— Ah, sim, preciso mesmo. Bom, está bem... A gente pode conversar sobre isso hoje à noite?

— Por que não agora?

Sinto uma mão deslizar por baixo do meu suéter e dedos cutucando minha cintura.

— Isso não é resposta. E para de beliscar meus pneuzinhos.

— Eu amo seus pneuzinhos.

— E o resto de mim?

— Humm... — Ela se vira parcialmente. — Ah, minha nossa, que cara é essa?! Só estou provocando.

— Engraçadinha. Então, o que a gente faz?

A mão dela continua explorando. Sinto a ponta de um dedo sondando meu umbigo.

— Vamos voltar para o apartamento.

— Por quê?

— Você sabe por quê.

Dou uma mordida no sanduíche. O cheiro de gordura paira no ar entre nós.

— Mas no fundo não é por minha causa, né? É por causa do que a gente fez na *banya* que você quer transar.

— Sinceramente? É por causa das duas coisas. — Ela limpa o queixo com um guardanapo de papel.

— Então o que é que você acha excitante em matar aquele velho nojento? Quer dizer, foi bem desagradável.

— Esse hambúrguer é bem desagradável, *pupsik*, mas às vezes é exatamente o que você quer. Não dá para viver só de caviar de beluga.

— Continua.

— Matar gente como Pakhan me faz me sentir poderosa. Konstantin sempre dizia: "Você é um instrumento do destino". E eu amava. Amo o fato de eu ter mudado os rumos da história, e de que, se não fosse por mim, o mundo hoje seria diferente. Porque, no fim das contas, esse é o sonho de todo mundo, né? Fazer diferença, sabe?

Meia dúzia de guardas da *Politsiya*, de farda azul, entra desfilando no restaurante, passa os olhos pelo espaço e começa a encarar as mulheres no balcão.

— Não olha para eles — murmura Oxana, tirando discretamente a mão de baixo do meu suéter. Viro meu olhar para um exemplar do *Izvestia* que alguém deixou na mesa. A manchete principal é sobre a próxima cúpula de Ano-Novo em Moscou entre os presidentes da Rússia e dos Estados Unidos.

Um dos policiais se aproxima da gente.

— Tarde de folga?

É um sujeito mal-encarado, com uma inflamação feia na pele causada por barbeador.

— Turistas — diz Oxana em inglês. — *Ne govorim po Russki.* — O sotaque dela é comicamente péssimo.

— *Ty amerikanets?*

— Inglesas.

— *Pasport?*

— No hotel. Four Seasons. *Sozhaleyu.* Desculpa.

Ele assente com a cabeça e volta para os outros.

— Filho da puta — sussurra Oxana. — A gente não devia ter entrado aqui. Acho que ele acreditou no papo de turistas, mas podia ter acabado mal. A gente precisa tomar mais cuidado.

Os *politsiya* fazem cena por mais alguns minutos, tentam provocações ofensivas com as funcionárias, pegam seus celulares, tiram selfies, e depois vão embora.

— O que eles estavam fazendo aqui? — murmura Oxana.

— Que porra foi aquela, de tirar fotos? Você reparou que eles não pediram nada para comer? Nem beber?

— Eles só entraram para escapar um pouco do frio, e para olhar as garotas.

— Talvez. Tomara.

— Sabe o que eu gostaria muito de fazer? — digo. — Eu queria ir para o centro da cidade. São Petersburgo deve ser uma das cidades mais bonitas do mundo, e sempre tive o sonho de conhecer, especialmente no inverno. Os palácios, as galerias de arte... Só caminhar pelas ruas e ver o rio Neva congelado. Deve ser mágico.

— Eu sei. Eu também adoraria ver tudo isso. E um dia a gente vai ver. Mas, agora, o centro é perigoso demais. Tem equipamentos de vigilância em massa por toda a parte, câmeras, sistemas de reconhecimento facial, tudo isso, e a gente precisa supor que os Doze estão monitorando essas coisas e têm alertas para nós. E isso vale para todas as cidades grandes do mundo. Por enquanto, a gente precisa se ater às periferias.

— Promete que a gente vai voltar um dia e explorar junto lá. Promete.

— Tudo bem.

— Fala. Promento...

— Prometo que a gente vai voltar para São Petersburgo e caminhar juntas pelo Neva...

— No inverno, na neve.

— É, no inverno. Na neve.

— Promete mesmo, de verdade?

— Prometo mesmo, de verdade. Mas você também precisa me prometer algo.

— O quê?

— Você tem que confiar em mim. E confiar de verdade, apesar da...

— Da tal psicopatia?

— É, apesar disso. Mesmo se as coisas ficarem muito ruins.

— Villa... Oxana, você está me deixando assustada. Do que você está falando?

— Estou falando que é para confiar em mim. Só isso.

— Agora estou com medo.

— Não fique. Vamos fazer o que a gente devia ter feito há uma hora: voltar para o apartamento e transar.

— Como tem a língua afiada essa minha namorada.

— O que você falou da minha língua?

— É uma expressão. Quer dizer que você tem lábia. Sabe convencer uma mulher a ir para a cama.

— Isso é verdade.

— Então o que você teria feito se eu tivesse recusado? Se a gente tivesse fugido juntas e tal, e depois eu não quisesse?
— Quisesse o quê?
— Dormir com você. Transar. Ser sua namorada.
— Eu sempre soube que você faria isso tudo.
— Como você sabia? Eu era casada, tinha um marido, nunca olhei duas vezes para mulheres...
— Você olhou para mim. E eu retribuí o olhar.
— E o que você viu?
— Você, *pchelka*.

6

Às cinco da tarde, autoridades do hospital Pokrovskaya entram em contato com a família de Asmat Dzabrati para solicitar a remoção do corpo. Aparentemente, não há indício algum de que o Pakhan tenha morrido de qualquer coisa diferente de causas naturais, embora haja certa confusão em torno do fato de terem aparecido duas equipes de paramédicos nas termas onde ele sofreu um infarto fulminante. Mas aqui é a Rússia, e esse tipo de equívoco acontece. O Pokrovskaya é um hospital público movimentado, e o médico de plantão que declarou que Dzabrati chegou morto da *banya* Elizarova, e que emitiu as certidões necessárias, não viu motivo para autorizar uma necropsia. Além de tudo, parece que o necrotério está cheio. Tudo isso quem nos conta é Dasha, após uma longa e difícil conversa por telefone com uma chorosa Yelena, a ex-mulher de Dzabrati. Em seguida, Dasha convoca uma reunião com os outros três brigadeiros da Kupchino Bratva, que chegam em uma hora.

Kris, Oxana e eu jantamos na cozinha. Depois de passar a tarde toda roçando em mim feito uma gata, e praticamente me arrastar para a cama, Oxana agora está fervilhando de raiva. Quando nos sentamos para comer, ela toma um gole do riesling vintage de Dasha, declara que tem gosto de gasolina e pega o champanhe na geladeira. Sei que não adianta perguntar o motivo da fúria, mas tenho certeza de que é porque ela não foi convidada para participar do conclave de gângsteres de Dasha. Se bem que nem imagino por que ela acha que deveria ser convidada. Então, enquanto Kris e eu trocamos olhares ansiosos, Oxana engole o borscht com cerejas azedas, limpa a tigela com um pedaço de pão, joga a colher dentro da pia e sai sem falar nada.

— Desculpa — digo. — De novo.

Kris meneia a cabeça.

— Tem coisas que Dasha não me conta, mas não sou burra. Sei que você e Oxana estavam envolvidas no que aconteceu hoje. Não vou perguntar nada, mas só quero que você saiba que eu sei.

— Tudo bem. Obrigada.

— Você está bem? É óbvio que Oxana está lidando do jeito dela, mas...

— Acho que estou. Não sei.

— Foi horrível?

— Não muito. Para falar a verdade.

Kris descasca uma banana.

— Ela te ama. Você sabe disso, né?

— Talvez. Tem momentos que acho que é bem possível que ela me ame. Mas tem outros que é difícil acreditar que ela sequer gosta de mim.

— Eve, você prova para Oxana que ela existe. Você é a única realidade que ela tem fora de si. Não é tão complicado assim.

— Você acha que a insegurança dela é nesse nível?

— Acho. Vocês vão embora daqui a pouco, né?

— Acredito que sim.

— Eu sei. Dasha está com os passaportes e o dinheiro de vocês no nosso quarto. Já faz dois dias. Vou sentir saudade.

— Também vou, Kris. O que você acha de Dasha se tornar Pakhan?

Kris encolhe os ombros estreitos.

— É o que ela quer, mas nunca entendi por quê. Tipo, porra. Aqueles caras da *bratva*. Eles são chacais. Se você se distrair por um segundo, eles te trucidam. — Ela desvia o olhar. — Tenho muito a agradecer, Eve, de verdade. E, ao contrário de Zoya, não preciso ir para a cama com um velho horrível para me bancar. Mas eu me preocupo. Vivo preocupada.

— Com o quê?

— Com essa vida. Com a *vorovskoy mir*. Líderes de gangues não ficam velhos. — Ela enrola a casca da banana em volta do dedo. — Eu amo Dasha e não quero que ela morra.

— Acho que Dasha consegue se cuidar muito bem, pelo que vi dela em ação.

— Você está falando da fábrica?

— Desculpa, não tive a intenção de tocar nesse assunto. E a gente fez mesmo uma bagunça. Ainda me sinto mal por aquilo tudo.

— Não sinta. O lugar todo pegou fogo esta semana. Não sobrou literalmente nada, então a indenização do seguro vai ser enorme. Mas traz sua taça. Quero te mostrar uma coisa.

Kris me leva para o quarto que divide com Dasha. Nunca entrei aqui antes, e olho à minha volta com admiração. A cama é de dossel com cortinas roxas de damasco, as paredes são decoradas com cartazes emoldurados de amazonas cavalgando dinossauros e libélulas gigantes, e as prateleiras abrigam unicórnios de veludo, ursinhos de pelúcia e estatuetas de heroínas da Marvel.

— Isso aqui tem mais seu dedo do que de Dasha, né?

— Ela falou que eu podia decorar do jeito que eu quisesse. O que você acha?

— Legal. Imagino que o seu lado da cama seja o que não tem a arma.

Kris empurra a coronha da Serdyukov automática para baixo do travesseiro.

— Acertou. Odeio que essa coisa fique aqui, mas ela insiste. Fora isso, eu amo aqui. É para onde venho quando a coisa pesa.

Ela faz um gesto para que eu me acomode na cama e então diminui a luz, pega um DVD em uma prateleira e coloca no aparelho. É um desenho animado, muito antigo, sobre um porco-

-espinho que encontra o amigo, um filhote de urso, para os dois contarem as estrelas no céu. O porco-espinho, achando que viu um lindo cavalo branco, tenta ir atrás dele e se perde na noite. O filme é curto, dura uns dez minutos, e no final os olhos de Kris estão brilhando com lágrimas.

— O que você achou? — pergunta ela.
— É fofinho.
— Eu amo. Sempre me sinto assim. Como se estivesse perdida na neblina e só conseguisse enxergar silhuetas de monstros. Mas o final é feliz. O porco-espinho é salvo e encontra o amigo, e eles contam as estrelas juntos, como sempre fazem. E é só isso que eu quero fazer, na verdade. Contar as estrelas com Dasha.

Não sei o que dizer, então pego na mão dela.

— Você vai — respondo.

No quarto, Oxana está dormindo com uma das minhas camisetas. As cortinas estão abertas, e na avenida lá fora a neve fresca brilha à luz dos postes. Oxana está com o rosto virado para a janela, e fico olhando seus cílios tremularem conforme ela sonha. Que histórias será que sua mente está criando? Será que estou lá com ela?

Puxo a coberta por cima dela. Seus olhos não se abrem, mas sua mão sobe e envolve meu pulso com os dedos, forte como aço.

— Boa noite, desgraçada — murmura ela, e então começa a roncar.

Na manhã seguinte, Dasha toma café conosco.

— Foi ótimo receber vocês — diz ela. — E obrigada pela ajuda com meu antecessor. Mas vocês precisam sair de São Petersburgo hoje. Sou a Pakhan interina da Kupchino Bratva agora, então...

Dasha não precisa concluir. Todas sabemos o que ela está querendo dizer. Ela cumpriu sua obrigação com a gente, assim como nós cumprimos a nossa com ela. Agora precisamos ir embora, antes que nossa presença complique sua vida.

— Seus passaportes — diz ela, entregando um envelope para Oxana.

— Obrigada. Não vou esquecer do que você fez por nós.

Dasha me oferece um daqueles seus sorrisinhos astutos.

— Desculpa ter pendurado você pelos pulsos. Deve ter sido desconfortável.

— Se bem que eu dei um soco no seu nariz.

— Deu mesmo, né?

No nosso quarto, Oxana e eu preparamos nossas mochilas e conferimos os passaportes. Parecem novos, emitidos em nome de Maria Bogomolova e Galina Tagaeva. Eu sou Galina.

Levamos muito pouco tempo para ficar prontas. Decidimos pegar o trem para Sochi, uma cidade moderna no mar Negro, encontrar uma hospedaria barata e avaliar nossas opções. Fico triste de me despedir de Kris. Eu e ela ficamos bastante amigas durante o nosso período aqui, e decido lhe dar o casaco de veludo azul do Teatro Mikhailovsky. A alegria de Kris é comovente — sei que ela queria ter visto a peça antes no brechó Kometa —, e ela o veste na mesma hora, fazendo uma pose tímida. Dasha nos acompanha até o saguão de entrada do prédio. Aperto a mão dela, incerta quanto ao protocolo, e ela e Oxana se abraçam brevemente. Kris, que com o casaco de veludo parece uma personagem secundária de *Anna Kariênina*, sai pela porta da rua. Ela vai nos acompanhar até a estação do metrô. Não nevou hoje de manhã, e Kris fica parada por um instante, uma silhueta esbelta, melancólica. O vento sopra uma mecha solta de cabelo na frente de seu rosto e, quando ela levanta a mão para afastá-lo, acontece um estalo, não muito alto, e ela salta da calçada, volta pela porta aberta feito uma folha seca e cai de lado entre mim e Dasha.

— Entra — diz Oxana, me puxando para longe da entrada.

— Dasha, *anda*. — Mas Dasha está ajoelhada, fitando o olhar de surpresa e o corpo em convulsões de Kris. Recuando para a escada, reparo no buraco do tamanho de um punho e na massa de sangue, osso e veludo embaixo do ombro esquerdo dela.

— Dasha — digo, com a voz trêmula.

Ela continua parada. Depois, passa um braço por baixo dos joelhos de sua amada moribunda e outro sob os ombros e a levanta da poça crescente de sangue, como se fosse uma criança adormecida.

— Sobe — ordena Oxana. Ela está com a Sig Sauer na mão, e seus olhos ficaram frios como os de uma cobra.

Depois que elas sobem, Oxana e eu pegamos nossas mochilas e saímos por corredores escuros até os fundos do prédio. Lá fora, visível pelo vidro das portas grossas, há um estacionamento coberto de neve e a área da coleta de lixo. Oxana me lança um olhar alerta e me puxa de volta para o caminho de onde viemos.

— Eles devem estar de tocaia — disse ela. — A gente tem que voltar para o apartamento. Vamos precisar da escada de serviço.

— Quem são "eles"? — pergunto a Oxana, e ela só me encara. Nós duas sabemos quem são eles.

Os Doze nos acharam.

Quando chegamos ao apartamento, Kris já está morta. Dasha levou o corpo até o quarto delas e, ao sair, seu rosto está duro feito pedra, pronta para o trabalho. Ela pega o telefone, profere ordens e convoca soldados de seus diversos apartamentos no prédio. Enquanto isso, Oxana se agacha diante de uma das janelas com vista para a frente e examina a rua com um binóculo. Eu me ocupo de conferir repetidamente minha Glock e não atrapalhar ninguém. Estou tonta com o choque. Não consigo parar de pensar no casaco de Kris. O casaco que usei pelo menos dia sim, dia não, durante as últimas duas semanas. O casaco que eu dei para ela.

— Tem três homens em uma Mercedes preta — diz Oxana depois de alguns minutos. — Acho que eles estão... É, estão todos armados. Saindo do carro. Vindo para o prédio agora.

Quando ela termina de falar, a campainha do apartamento apita três vezes com urgência. São três dos *boyeviks*, equipados com armas automáticas e carregadores sobressalentes. Segurando uma pistola Makarov pesada, Dasha os manda entrar às pressas e dá uma série ríspida de ordens. Dois dos soldados saem de novo para assumir posição na escada e no corredor do lado de fora, e o terceiro começa a virar mesas e móveis pesados na frente do hall de entrada do apartamento. Enquanto isso, Oxana corre pelo apartamento, apagando luzes e fechando cortinas. Durante um tiroteio, a escuridão é uma vantagem para quem conhece o terreno.

— Sou eu que eles querem — falo para Dasha, com uma certeza súbita das minhas palavras. — Atiraram em Kris porque ela estava com o meu casaco. Me entrega para eles. Por favor, não arrisca a vida de mais ninguém.

Dasha franze o cenho com um ar distraído.

— Vai para o meu quarto — diz ela. — Se tranca.

— Vai, Eve — confirma Oxana, e obedeço. Sinto como se estivesse sonâmbula, como se não tivesse mais controle sobre o processo de colocar um pé na frente do outro.

Kris, ainda de olhos abertos, foi depositada de costas na cama de casal. Não dá para ver o mórbido ferimento de saída. O único sinal visível do tiro que a matou é um buraco pequeno no casaco de veludo azul, acima do coração dela.

Ao vê-la ali, cercada pelos cartazes mitológicos e pelas estatuetas de unicórnio, começo a chorar. Eu me sinto muito perdida, inútil, culpada. Sei que Oxana, Dasha e os guarda--costas sabem o que estão fazendo, e que eu só atrapalharia, mas essa impotência é horrível, especialmente considerando que sou responsável pela morte de Kris. E tem Dasha. Não gosto dela, mas Oxana e eu só trouxemos caos para sua vida, e a vingança dos Doze. E, agora, Dasha está arriscando a própria vida para nos defender.

Da rua, lá embaixo, escuto um barulho fraco de algo quebrando, de quando os homens derrubam a porta do prédio. O som é seguido por estalos esporádicos, a princípio distantes, mas que logo aumentam de volume, conforme os *boyeviks* enfrentam os invasores. Eu devia estar com medo, mas não estou. Sentada na cama, com a arma carregada na mão, não sinto nada além de uma tristeza vazia. Na outra extremidade do apartamento, escuto um barulho de rachadura quando a porta da entrada é arrombada, seguido por uma confusão de gritos e rajadas de tiros. Alguém está gritando, e, embora eu saiba que não é a voz de Oxana, fico apavorada com a ideia de perdê-la. A gritaria míngua até virar uns lamentos intermitentes.

Preciso ajudar. Ou pelo menos tentar.

Apalpo o bolso para conferir os carregadores da Glock, vou para a porta e viro a chave com os dedos trêmulos. Do lado de fora, um corredor leva para o salão escuro onde ficamos antes do jantar com o falecido Pakhan.

Quando saio para o corredor, com o rosto coberto de lágrimas secas, um silêncio tenso domina. Escuto o estouro de uma pistola no hall de entrada, incrivelmente amplificado no espaço confinado, e o silêncio volta. Atravesso lentamente o salão, colada à parede, com medo, e me aproximo da porta aberta e do hall que fica do outro lado. Também está escuro, mas consigo distinguir os contornos principais. À minha frente, a poucos metros de distância, uma mesa com tampo de mármore foi tombada, o que jogou um par de abajures pesados de ônix no chão, e, atrás do tampo, estão agachados dois homens vestidos com roupas comuns e armados com submetralhadoras. Atrás desses dois, com o corpo caído por cima do tampo erguido como se tivesse sido interrompido no meio de um mergulho, há um terceiro homem. Não consigo ver quem está de frente para eles do outro lado do hall, mas rezo para que Oxana seja uma dessas pessoas.

Soterrada na escuridão e aspirando o ar carregado com cheiro de fumaça de pólvora, tento avaliar a situação. Não reconheço o homem mais perto de mim; pode ser um dos soldados de Dasha. Mas então vejo as marcas claras de neve pisada na sola dos coturnos dele. O homem acabou de chegar da rua. É um invasor, e decido matá-lo, ou tentar "*... para a gente sobreviver, você vai ter que ser um pouco mais como eu*".

Muito devagar, ergo a Glock e alinho a massa de mira, a alça de mira e a orelha do homem.

E o outro cara? É como se ela estivesse sussurrando no meu ouvido.

Prometo que o resolvo depois e aperto o gatilho da Glock.

Não o mato. O projétil de nove milímetros arrebenta um punhado de cabelo e osso da parte de trás da cabeça dele, e, quando ele se vira para mim, apontando a submetralhadora, Oxana aparece do outro lado do cômodo e dispara dois tiros rápidos. As duas balas atravessam o pescoço do homem, e ele cai no chão, sufocando.

O segundo homem revida, mas Oxana já sumiu. Ele se vira para mim, e disparo um projétil que atravessa a bochecha dele e arranca uma das orelhas. O cano de sua arma solta um clarão alaranjado, e um impacto ardente se propaga pelas minhas costas. Tenho a vaga noção do estalo de uma terceira arma — a Makarov de Dasha — e vejo, distraída, os joelhos do homem se dobrarem e um bocado de massa cerebral cair pela lateral da cabeça dele.

Dasha e Oxana se levantam, e Oxana vem correndo até o lugar onde estou caída.

— Sua imbecil! — grita ela. — Sua idiota de merda.

— Minhas costas. Fui atingida.

— Senta. Deixa eu ver.

Ela acende a luz do salão, tira meu casaco e puxa meu suéter ensanguentado por cima da minha cabeça. Esparramados diante de mim no hall escuro, a poucos metros de distância, os três invasores repousam em grotescas posições retorcidas. O segundo ainda está vivo, e os olhos dele acompanham os movimentos de Dasha conforme ela vai até ele, insere um carregador novo na pistola e dispara uma bala acima de seu nariz. Ela então vai para a porta do apartamento.

— Vou conferir a escada. Ver se tem algum dos meus ainda vivo.

— Tá bom — diz Oxana.

Estou tão consumida pela culpa que nem consigo olhar para Dasha, que dirá responder. Penso em Kris, que jaz morta no quarto delas.

Oxana se afasta e volta com um estojo militar de primeiros socorros e uma toalha molhada. É muito fria, e, quando ela limpa minhas costas, sinto ondas violentas de dor.

— Você teve sorte — murmura ela. — Se entrasse mais um centímetro, você teria ficado paralisada. Dasha salvou a sua vida. Que merda você estava pensando? A gente falou para você...

— Eu sei que vocês falaram. Eu queria ajudar.

— E acho que ajudou mesmo. Mas, minha nossa, Eve.

— Eu sei. A gente se fodeu legal.

— Só não se mexe. — Ela pressiona a toalha nas minhas costas com força. — Achei que tivesse te perdido, sua burra do caralho.

— Sinto muito — repito.

— Vai sentir mesmo, porque vou te costurar. — Ela se ajoelha ao meu lado e começa a trabalhar com uma agulha de sutura. Dói muito, mas fico feliz com a dor. Significa que não preciso pensar.

— Você já fez isso antes? — murmuro.

— Não, mas a gente fazia bordado na escola. Eu fiz um crocodilo. Tinha dente e tudo mais.

Dasha volta para o apartamento, com o rosto desprovido de qualquer expressão. Ela vem acompanhada de dois homens e uma mulher, e não está mais com a Makarov. Essa agora está na mão direita de uma jovem robusta com cabelo loiro curto, físico largo e olhos cor de ardósia.

Eu a reconheço imediatamente de um vídeo de câmera de segurança do nosso arquivo em Goodge Street. Lara Farmanyants, ex-amante e companheira de assassinatos de Oxana, recém-libertada de Butyrka. Ao lado de Lara, com uma submetralhadora nos braços, está o homem que conheço como Anton, que no passado foi comandante de esquadrão do Serviço Aéreo Especial e agora chefia o departamento de "Faxina", ou assassinatos, dos Doze. O outro homem é Richard Edwards, meu antigo chefe no MI6 e agente de longa data dos Doze.

A dor me embrulha em um desespero paralisante. Acabou.

Depois que somos desarmadas, os recém-chegados olham em volta, reparando nos móveis derrubados, nos corpos, nos respingos das paredes e nas poças de sangue coagulado. Os três parecem perfeitamente confortáveis em meio à carnificina.

— Então — diz Oxana, ainda suturando minhas costas. — Você.

— Eu — responde Lara.

No arquivo de vídeo que a polícia italiana tinha nos enviado, ela e Oxana estavam caminhando pela Calle Vallaresso de Veneza, olhando as vitrines. Com o chapéu de caubói de palha ligeiramente inclinado, Lara parecia uma modelo de passarela. Ao vivo, com um fuzil de precisão de primeira qualidade pendurado no peito e segurando a Makarov de Dasha, ela parece muito mais perigosa.

— Foi ela que matou Kristina? — pergunta Dasha, com a voz tão baixa que quase não escuto.

— Foi *elu* que matou — corrige Lara. — Meu pronome agora é "elu". Mas, é, matei. Foi mal.

Dasha franze o cenho. Sei que ela quer gritar, quer se jogar para cima de Lara e submetê-la a uma violência brutal. Mas ela é Pakhan e não faz nada disso.

— Saiba o seguinte — diz ela para Lara. — Vou te matar. É uma promessa.

— Você já matou três dos nossos soldados — diz Richard.

— Impressionante, para uma *bratva* local.

Dasha se vira para Oxana, com firmeza nos olhos verdes.

— Esse é o seu pessoal?

— Não mais. — Sinto quando ela aperta o último ponto.

— Você já ouviu falar dos *Dvenadsat*? — pergunta Richard.

— Os Doze?

— Já — responde Dasha. — E daí?

— Daí que você estendeu sua hospitalidade a duas pessoas com quem temos pendências, srta. Kvariani. A sra. Polastri aqui, minha ex-funcionária não muito inteligente. E a namorada um tanto quanto instável dela. — Ele inclina a cabeça na nossa direção.

— E, por isso, você assassina uma jovem inocente, invade meu prédio com armas automáticas, causa graves ferimentos em dois dos homens que estão tentando me defender e mata um terceiro? Vão se foder, você e seus Doze.

— Nossos pêsames pela perda da moça. Não tivemos intenção. — Ele olha para Lara. — Ela achou que fosse Eve.

— Elu achou que fosse Eve — diz Lara.

— Seus *pêsames*? — Minha voz está tremendo. — Você tem uma filha da idade dela, Richard. O que você acharia se alguém matasse Chloe e depois chegasse para você e dissesse que "não teve intenção"? Seu monstro filho da puta.

Richard me ignora e continua se dirigindo a Dasha.

— Só queremos que você nos entregue Villanelle.

— Quem é Villanelle? — pergunta Dasha.

— Era eu — responde Oxana. — Longa história.

— Ela pertence a nós — diz Richard. — Propriedade nossa.

— Errou, babaca — diz Oxana. — Esses tempos já eram.

Richard lança um breve sorriso para ela e dirige o olhar para mim. Está usando um sobretudo com gola de veludo e, por baixo, uma gravata tradicional, preta com uma listra azul-clara.

— Então, Kim Philby também cursou Eton? — pergunto.

— Não. Westminster. Um pouco bronco, o Kim. E traidor, claro, coisa que não sou.

— E como você não é um traidor, Richard, se me permite a pergunta?

— Se eu pudesse lhe mostrar o panorama geral, Eve, você entenderia. Mas, no momento, ninguém aqui tem tempo para isso. — Ele se afasta de mim e examina vagamente os três homens mortos no chão. — Você ficará feliz de saber que sua tentativa de forjar a própria morte nos atrasou por exatas vinte e quatro horas. Um trabalho convincente. Permitimos que seu marido desse uma rápida olhada na foto, e ele ficou bastante abalado. Mas, agora, será para valer. Anton, gostaria de fazer as honras?

Anton tira a Sig de Oxana do bolso e avalia o peso na mão.

— Não. Tenho uma ideia melhor.

Ele tira o carregador da arma, remove todas as balas menos uma, e entrega a pistola para Oxana.

— Villanelle, dê um tiro na cabeça de Eve. Rápido, por favor.

Minha mente fica em branco. Pelo menos vai ser ela.

— Ande logo — diz Anton.

Oxana não se mexe. Ela está calma, com a respiração regular. Olha para Sig e franze a testa.

— Vou ter que atirar eu mesmo? — pergunta Anton. — Porque seria um grande prazer para mim. Só achei que talvez assim fosse mais íntimo. — Ele olha para nós com um desdém aborrecido. — Eu sei como... vocês gostam uma da outra.

— Se alguém machucar Eve, eu me mato — responde Oxana, levantando a Sig e encostando o cano na própria cabeça. — Estou falando sério. Vou espalhar meu cérebro pelo chão.

Richard lhe oferece um sorriso mínimo.

— Villanelle, temos um trabalho para você. Todos os outros que você fez estavam conduzindo para este.

— E se eu recusar?

— Você não vai recusar. Esse vai ser o maior desafio da sua carreira. E, depois, você estará livre, com mais dinheiro do que jamais será capaz de gastar.

— Ah, claro. Vocês com certeza me deixariam ir.

— Deixaríamos mesmo. O mundo seria um lugar diferente.

— E Eve?

— No momento, ela sabe demais e isso é uma ameaça para todos nós. Mate-a e siga em frente.

— Não. Eve vem comigo.

Richard a observa com paciência.

— Villanelle, existem outras mulheres. Essa aí é muito qualquer coisa. Ela vai ser um estorvo.

Com os olhos cinzentos frios como gelo, Oxana volta a encostar o cano da Sig na cabeça.

— Eve vive. Aceitem, ou eu atiro.

Anton a observa por um instante, com um olhar impassível.

— Se Eve viver, você aceita o contrato.

— Quem é o alvo?

— Você vai saber no devido tempo. Mas garanto que vai ficar impressionada.

— E se não me impressionar?

— Se você rejeitar o contrato, você e sua... *namorada* — ele pronuncia a palavra como se tivesse nojo — vão ser pendências para nós resolvermos. E vamos resolver. Nada de morte forjada, nada de fuga de última hora. Só dois corpos anônimos em um aterro sanitário. — Ele vira sua própria arma para mim, como se fosse uma advertência para Oxana não tentar nada, e pega a Sig de volta. — Mas não vamos estragar o momento. Você não vai recusar. E a novidade mais feliz de todas é que você vai trabalhar com Lara de novo. Ela mal pode esperar.

— Elu mal pode esperar — diz Lara.

7

A gente passa o resto do dia na Mercedes preta, viajando para Moscou. Anton dirige, Richard está no banco do carona, e estou com Lara e Oxana no banco traseiro. Que situação perversa. Minhas costas doem pra burro, e qualquer mínimo solavanco ou vibração faz meus pontos repuxarem. Oxana está olhando pela janela, sem falar nada, Lara parece entediade, e estou sentada no meio, vendo a paisagem plana e coberta de neve passar depressa. Enquanto isso, a Sig de Oxana e minha Glock estão nos bolsos de Anton.

"*...dê um tiro na cabeça de Eve*".

De vez em quando, começo a chorar de repente, ou a tremer descontroladamente. Quando isso acontece, Oxana olha para mim com uma expressão preocupada. Ela não sabe o que falar ou fazer. Em momentos aleatórios, pega na minha mão, enxuga meus olhos com um lenço ou passa o braço em volta de mim e, meio sem jeito, pressiona minha cabeça em seu ombro. Lara faz questão de ignorar tudo isso.

"*Mate-a e siga em frente.*"

Não reajo a Oxana. Não consigo. Estou presa aos acontecimentos da manhã. A súbita falta de peso de Kris quando ela foi jogada para trás pelo projétil de alta velocidade do fuzil de precisão, e a delicadeza com que caiu no piso de mármore. O som de balas atingindo roupas e corpos. O minúsculo clarão laranja para anunciar o tiro que se crava nas minhas costas, e o jeito como o som parece acontecer depois da dor. A cena dos homens de Dasha quando saímos. Um caído na escada, colado no chão pelo próprio sangue coagulado. Outros dois sentados no patamar entre os andares, feridos, mas vivos, e um, o que Oxana acertou na cabeça com a Sig Sauer, faz um gesto pesaroso com a mão para se despedir quando passamos.

"*...dê um tiro na cabeça de Eve*".

Passamos por saídas para Gatchina, Tosno, Kirishi.

"*Rápido, por favor.*"

Velikiy Novgorod, Borovichi.

"*Mate-a e siga em frente.*"

Oxana pega minha cabeça com as mãos e me vira delicadamente, até ficarmos de frente uma para a outra.

— Presta atenção — diz ela, muito baixo, para que só eu escute. — Vou te contar uma história. Uma história sobre a minha mãe. O nome dela era Nadezhda, e ela cresceu em uma fazenda, a alguns quilômetros da cidade de Novozybkov, embora a família dela fosse originalmente de Chuvashia. Ela era muito bonita, no estilo de Chuvashia, com testa larga e cabelo escuro comprido. Os olhos dela tinham alguma coisa, talvez fosse o arco formado pelas sobrancelhas, que a deixava com uma expressão de surpresa. Quando ela tinha quinze anos, aconteceu o colapso do reator de Tchernóbil, a cento e cinquenta quilômetros de distância. O vento levou a radiação no sentido nordeste até o distrito de Novozybkov, e todo mundo no vilarejo da minha mãe foi evacuado. Pouco depois, a região se tornou uma Zona de Exclusão.

"Não sei como minha mãe foi parar em Perm. Talvez tenha ido morar com parentes. Ela se casou com meu pai aos vinte e dois anos, e eu nasci um ano depois. Eu era uma criança muito esperta e, não sei como, sempre soube que a mamãe estava doente e morreria logo. Eu a odiava por isso, por impor essa tristeza a mim, e às vezes à noite eu sonhava que a espera tinha acabado, que ela já estava morta. Ela parecia muito indefesa, muito vulnerável, e isso também me deixava com raiva, porque eu sabia que não era assim que devia ser. Ela devia cuidar de mim. Ela devia me ensinar tudo o que eu precisava saber.

"Era frequente ela passar dias inteiros na cama, e meu pai precisava ficar em casa e preparar comida para mim. Ele era instrutor militar e não tinha a menor ideia do que fazer com uma menininha, então me ensinou o que ele ensinava para seus homens: a lutar e a sobreviver. A melhor lembrança que tenho dele é de entrar na mata durante o inverno e capturar um coelho. Eu devia ter uns seis anos. Ele me fez matar e esfolar o coelho eu mesma, e a gente o assou em uma fogueira na neve. Fiquei com bastante orgulho disso.

"Não muito depois, minha mãe falou que estava se sentindo melhor e, um dia, me levou para passear nas cavernas de gelo de Kungur. Era uma ocasião especial, em parte por causa do programa em si, mas sobretudo porque eu ia passar um dia inteiro com a minha mãe só para mim. Até ganhei um casaco novo para usar. Era de náilon rosa, acolchoado, com capuz, e fechava com zíper.

"Pegamos um ônibus na estação central de Perm. A viagem demorou umas duas horas, e a gente almoçou em uma lanchonete de Kungur. Hambúrguer e batatas fritas, Coca-Cola para beber, muito especial. Eu não sabia o que esperar das cavernas. Eu não sabia o que era uma caverna, e gelo não parecia muito interessante, já que a gente passava metade do ano cercada de gelo. Então fui pega de surpresa quando literalmente entramos na terra. Tinha um caminho pavimentado com pedras, e era como se a gente estivesse entrando em um reino secreto de contos de fadas. Tinha cristais de gelo presos no teto como se fossem lanças, colunas brilhantes de gelo e cascatas, e piscinas transparentes feito vidro na rocha. Tudo estava coberto de luzes coloridas. 'É magia?', perguntei para minha mãe, e ela falou que era. Mais tarde, quando a gente estava no ônibus na viagem de volta, perguntei se a magia a deixaria melhor, e ela falou que talvez, quem sabe, deixasse.

"Ela morreu algumas semanas depois, e passei anos com a dúvida de que talvez aquilo tudo tivesse sido imaginação minha ou um sonho. Foi muito diferente de todo o resto da minha vida. Eu só sabia que magia podia funcionar para algumas pessoas, tipo astros de cinema, modelos, gente assim, mas não funcionava para pessoas comuns, como a minha família. Não chorei quando minha mãe morreu. Não consegui."

Oxana se calou por poucos instantes.

— Nunca contei essa história para mais ninguém.
— É verdade?
— É. Pelo menos eu acho que é. Foi há muito tempo. Agora, apoia a cabeça no meu ombro e dorme. Ainda faltam três horas para chegar em Moscou.
— Ontem — sussurro. — Você estava disposta a morrer por mim?
— Dorme, *pupsik*.

O dia já escureceu quando acordo, e estamos nos arrastando pelo trânsito pesado de uma periferia industrial. A estrada está cheia de neve suja revirada. Anton pega uma saída identificada como Ramenki.

— Está se sentindo melhor? — Oxana me pergunta.
— Não sei. Talvez.
— Que bom. A gente precisa comer. — Ela dá um chute nas costas do banco do motorista. — Ei, babacas, a gente está com fome. Qual é o plano para o jantar?

Richard e Anton se entreolham.

— Anton, seu vibrador com cara de sapo, estou falando com você. Para qual restaurante vocês vão levar a gente, porque acho bom ser um lugar ótimo.
— Ela é sempre assim? — pergunta Richard para Anton.
— Ela sempre foi degenerada, sim. Houve um tempo em que ela era um pouco mais respeitosa.

— Meu cu, seu filho da puta. Esse tempo acabou. Fala para onde a gente está indo.

— Para um lugar onde possamos ter uma conversa civilizada, cara a cara — diz Richard. — A gente precisa trabalhar juntos agora. Não dá para comprometer o projeto com questões de personalidade. É importante demais.

Ficamos em silêncio conforme o carro avança pelo bairro. Está nevando de novo, e escuto a batida suave dos limpadores do para-brisa e o chiado da neve embaixo dos pneus. O trânsito na cidade está caótico como sempre, e, quando passamos pela Universidade Estatal de Moscou e cruzamos o rio, somos obrigados a quase parar. As últimas centenas de metros consomem quase meia hora, mas finalmente chegamos a um edifício stalinista imenso. A fachada cinza, cortada por arcos, se estende por toda a rua.

Descemos do carro e esticamos os membros doloridos. A colossal impessoalidade do edifício me enche de pavor. As torres são tão altas que desaparecem no céu noturno. Estou ao lado de Oxana, sentindo as costas latejarem de dor, quando escuto um ruído crocante e fragmentos brilhantes fustigam meu rosto. Oxana pega meu braço e me puxa para baixo de um dos arcos.

— Que...

— Gelo caindo — diz ela, e, depois que limpo meus óculos, vejo os blocos quebrados na neve, alguns do tamanho de uma cabeça de bebê.

— Puta merda.

— É. A gente tem que tomar cuidado com isso.

Lara vem até nós, desfilando, sorridente.

— Outro que errou por um fio?

Não respondo. Não posso. A ideia de uma lança de gelo caindo do céu não me parece, no momento, nem um pouco surpreendente.

Anton sai do banco do motorista, olha com irritação para mim e para Oxana, e tranca a Mercedes.

— Peguem suas coisas e sigam Lara — ordena ele. — E nada de palhaçada. Porque tenho certeza de que ela adoraria uma desculpa para matar vocês.

— Elu adoraria uma desculpa.

Seguimos Lara até um átrio imenso e mal iluminado de onde saem corredores em várias direções. Há colunas de mármore e detalhes clássicos do tipo que se veria em uma estação ferroviária internacional, mas o efeito geral não passa alegria nenhuma. Algumas pessoas circulam, encasacadas contra o inverno, e ninguém parece se incomodar com o fato de que Lara está portando um fuzil de precisão e uma pistola automática. Um rastro reluzente de pegadas de bota conduz até o elevador mais próximo, mas Lara se afasta dele e nos leva até uma pequena alcova, onde digita um código em um painel na parede. Uma porta deslizante se abre e revela um elevador de vidro e aço, que nos leva com velocidade nauseante até o décimo segundo andar.

Saímos para um espaço com iluminação suave, onde não está quente nem frio, dominado por janelas de vidro blindado e uma pintura imensa de um tigre feita por Salvador Dalí. Há uma porta à esquerda e uma à direita, e um zumbido vagamente sinistro que talvez seja o sistema de climatização do edifício ou algum maquinário distante. Do outro lado das janelas, lá embaixo, a silhueta escura do rio Moscou se esgueira por parques nevados e margens sopradas pelo vento.

Lara encosta em um botão ao lado da porta da direita, e quem abre para nós é um jovem de uniforme paramilitar, que nos conduz por um corredor decorado com quadros abstratos em tons de marfim, escarlate e cinábrio, pinceladas em rasgos tão parecidos com feridas causadas por uma faca que os pontos nas minhas costas começam a doer. Homens engravatados e mulheres de terninho passam por nós pelo corredor, até que Lara abre uma das portas para Oxana e me leva decididamente para outra. O quarto é pintado de cinza cor de pombo, e a única decoração é uma estatueta em bronze de uma pantera, em cima de um aparador de nogueira.

— Lamento, mas não temos roupão ou chinelos de cortesia — diz Lara, com desdém. — A gente não esperava que você fosse continuar viva. Venho te buscar para o jantar daqui a uma hora.

Eu me acomodo sentada na cama. Minhas costas agora estão gritando.

— Pode pedir um médico para mim? — pergunto.

— Está com dor?

— Estou.

— Mostra.

Em resposta, puxo o suéter por cima da cabeça, levanto a camiseta e me viro de costas para elu.

— É, parece machucado. — Elu hesita. — Por que ela gosta tanto de você?

— Oxana? Não sei mesmo.

— Sempre, até na cama, ela ficava sempre Eve, Eve, Eve. Muito irritante. Tentei te matar *duas vezes* já.

— Percebi.

— *Um novo dia para morrer*. Já viu esse filme?

— Não.

— Rosamund Pike, uma gata. Pierce Brosnan, não tão gato. Você acha que eu poderia fazer um filme do 007?

— Com certeza. Sempre tem personagens russos malucos com cabelo curto e armas enormes.

Lara me encara com um olhar desconfiado.

— Tá bom. Vou procurar alguém.

A médica chega só dez minutos depois. Uma jovem séria, com um uniforme de médica da Marinha russa e uma valise cheia de equipamentos. Ela apalpa os pontos, sente meus nódulos linfáticos e me dá uma caixa de antibióticos em comprimidos e outra de analgésico. Não pergunta por que tenho o que obviamente é um ferimento à bala, mas está interessada nos pontos.

— Nunca vi assim antes. Ponto caseado. Mas foi bem-feito.

— Minha namorada — explico. — Ela não costura muito desde a escola.

— E essas marcas no seu pescoço. Parecem mordidas.

— São.

— Também da sua namorada?

— Aham.

— Bom, imagino que você saiba o que está fazendo. Tome cuidado, viu.

Bato na porta de Oxana. Quando ela atende, está molhada do chuveiro e enrolada em um roupão branco. Com o cabelo espetado e a pele rosada úmida, ela quase parece uma criança.

— Você sabe alguma coisa deste lugar? — pergunto. — Konstantin ou mais alguém já falou daqui?

— Nunca.

O telefone na mesa de cabeceira toca. Oxana atende, escuta por vinte segundos e desliga.

— Era Richard. Ele disse que o dia foi estressante para todo mundo, muito engraçadinho ele, e gostaria de nos convidar para um jantar informal e tranquilo. Ele acha que é bom a gente se conhecer melhor, para que possamos deixar para trás os acontecimentos desagradáveis de hoje cedo e seguir em frente.

— Seguir em frente — respondo. — Sério? Ele é completamente maluco.

— Olha, estou morrendo de fome, então por mim tudo bem. Lara vem nos buscar daqui a quinze minutos. Veste o suéter de abelha. Gosto de você nele.

O décimo segundo andar é luxuoso, de um jeito meio impessoal, tipo hotel de rede, mas é inquestionável que somos prisioneiras. As janelas com tripla vedação não podem ser abertas, e a porta de saída para o elevador tem senha. Homens e mulheres jovens e atentos, alguns armados, patrulham os corredores e circulam entre salas identificadas com números misteriosos. Quando saímos do quarto de Oxana, o lugar está movimentado como nunca. O trabalho deles, seja lá qual for, segue direto dia e noite.

O jantar é em uma suíte com vista para o rio. O estilo de decoração é neoclássico stalinista com um quê a mais, e somos conduzidas até nossos assentos por garçons de terno com um perceptível jeito paramilitar. Fico entre Lara e Anton, o que representa um desafio interessante para conversas, e Oxana está à minha frente e ao lado de Richard. Oxana e eu estamos malvestidas para o cenário, mas a gente não pediu para vir aqui, então...

— Isso aqui está bem esquisito — digo para Anton, e ele dá de ombros.

— É a Rússia — responde ele. — Um teatro onde o roteiro é reescrito todo dia. E o elenco muda de papéis no meio da peça.

— Então que papel você está fazendo agora?

— Um pequeno, porém necessário. Figurante. E você, sra. Polastri?

— Considerando que você já tentou me matar três vezes, acho que provavelmente dá para me chamar de Eve, né?

— Muito bem. — Ele se cala enquanto um garçom serve vinho em sua taça. — Então, Eve, se me permite a pergunta, qual é a sensação de estar entre os cães de caça, em vez das lebres?

— Para falar a verdade, eu preferiria nem participar da caçada.

— Tarde demais. Você deixou essa opção para trás quando assassinou Asmat Dzabrati. — Ele sorri. — Pois é, sabemos de tudo.

— Entendi. — Os pontos nas minhas costas latejam com vontade. O ferimento parece sensível e irregular.

— Você acha que é diferente do resto de nós, Eve, mas não é. — Ele experimenta um gole do vinho. — Está muito bom. Prove.

— Acho que, se eu tomar uma gota sequer, vou desmaiar. Hoje foi o dia mais traumático da minha vida, desde o instante em que Lara matou Kristina, achando que era eu.

— É exatamente por isso que você precisa de uma taça deste excelente chardonnay romeno.

Levo a pesada taça de cristal à boca por educação e tomo um gole longo e gelado. Anton tem razão, é delicioso.

— Nem sempre fui um soldado — continua ele. — Meu primeiro amor era a literatura, especialmente Shakespeare, então aprecio dilemas morais. Não sou como a sua amiga ali, desprovida de emoções e raciocínio.

— Você não a conhece — respondo, engolindo discretamente uns dois analgésicos junto com o vinho.

— Ah, conheço sim, Eve. Conheço sim. E sei exatamente como ela opera. Ela parece um brinquedo de corda que dá para desmontar e montar de novo sem parar. Ela é absolutamente previsível e, por isso, muito útil. Aproveite-a o quanto quiser, mas não cometa o erro de achar que algum dia ela será humana.

A chegada do primeiro prato me salva da necessidade de responder.

— Vieira de Okhotsk — murmura o garçom antes de depositar um prato de porcelana diante de mim.

— Uau — diz Lara, espremendo uma fatia de limão-siciliano por cima da carne com tanta força que o sumo espirra no meu olho. — Ah, porra. Merda. — Elu passa o guardanapo no meu rosto. — Primeiro teve aquela garota hoje cedo, e agora isso. Não é o nosso dia, né?

— Há quanto tempo você é, hum, não binário? — pergunto a elu.

Lara se anima.

— Desde que estive na Inglaterra, alguns meses atrás. Você já foi a Chipping Norton?

— Nunca. Deve ser lindo.

— Fui *au pair* de uma família lá. Os Weadle-Smythes. Cuidei das filhas deles. Gêmeas de quinze anos.

— E como foi?

— Foi bem legal. O pai só aparecia nos fins de semana; era um membro do parlamento de cara vermelha que passava quase o tempo todo em Londres. Ele tinha uma namorada lá, acho que era uma prostituta, mas a esposa dele não se importava, porque assim ela podia passar a noite inteira vendo Netflix. E Celia e Emma eram umas gracinhas. Elas saíam comigo à noite. A gente ia para o bar da região, enchia a cara e depois ia para uma rinha de cachorros.

— Sério?

— É, era uma família de classe alta muito tradicional. As meninas me perguntaram se eu tinha um namorado na Rússia, e óbvio que eu disse que não. Expliquei que eu trabalhava em um mundo muito masculino, não dei detalhes do que eu fazia de fato, e que não me considerava uma menina feminina, e que não gostava que me tratassem assim. Então elas perguntaram por que eu não trocava meus pronomes, o que foi meio que engraçado, porque me mandaram lá para eu aprender melhor o idioma. Então mudei.

— O que os pais acharam disso?

— A mãe ficou tipo "por que vocês estão chamando Lara de 'elu', meninas? Ela não tem dois nomes" e o pai revirou os olhos e falou da "Patrulha do Politicamente Correto", então, pois é. Aí, de repente, me mandaram voltar aqui para Moscou para...

— Ela levou a mão à boca. — Caralho, você não vai acreditar. Eu ia falar que me mandaram voltar para matar uma mulher, mas aí lembrei que a mulher era você.

— Que mundo pequeno. E você errou.

— Você se abaixou.

— Não podia?

— Você é muito engraçada. Oxana sempre falou que eu não tenho senso de humor.

— Você deve ter outras qualidades maravilhosas. — Vendo Lara mastigar as vieiras, me lembro do comentário de Oxana sobre a mandíbula delu.

— É, muitas. Mas a gente tá quite agora, né? Tentei te matar...

— Duas vezes.

— Tá bom, duas vezes. Mas você roubou minha namorada.

— Ela nunca foi sua, Lara, foi sempre minha.

— Não é verdade.

— É sim. Fala mais dessa coisa de gênero.

— É, fale mais — diz Anton, interferindo. — Que história é essa? Quer dizer, você faz um trabalho de homem, e ninguém cria caso, então qual é o problema?

— Por que usar fuzis e luneta telescópica para matar pessoas é trabalho de homem? — pergunta Lara, cravando outra vieira. — Qualquer pessoa é capaz de aprender. Não aguento mais me chamarem de franco-atiradora. Sou só homicida de longa distância. Sou um *torpedo*. Não quero as palhaçadas que vêm junto quando as pessoas pensam em mim como se eu fosse uma mulher.

— Nem os privilégios?

— Que privilégios? Homens olhando os meus peitos e falando comigo como se eu fosse uma idiota?

— Ninguém te trata como idiota — diz Richard, que estava ouvindo a conversa. — As pessoas acham que você é inteligente porque tem o melhor dos dois mundos. É tratada com respeito como assassina de elite, e é também admirada como uma mulher jovem muito espetacular. — Ele ergue a taça em um gesto de galanteio sórdido.

Lara o encara com um olhar desconfiado.

— Você pode falar o que quiser, mas meus pronomes são meus pronomes. Se não usar direito, não mato mais ninguém. E vou mudar de nome também.

— Você não vai virar vegetariana, né? — pergunta Anton.

— Deixa de ser ridículo.

O garçom anuncia o segundo prato. Meu vocabulário russo não é muito grande em relação a mamíferos maiores, mas é algo na linha de alce ou rena. Algo que tinha galhada, e que agora foi reduzido a bifes escuros e sangrentos com molho de frutas vermelhas. Nossas taças são trocadas por outras maiores, preenchidas com vinho georgiano que desce tão bem que preciso reabastecer quase imediatamente. Do outro lado da mesa, Oxana, animada pela chacina da manhã, está cintilante. Ela responde à condescendência de Richard com uma timidez sensual, ignora Anton rigorosamente, fita Lara com um olhar lascivo e me lança olhadelas ternas e carinhosas. É um teatro, uma chance de exercitar todo o seu repertório de reações aprendidas.

Quando eu era adolescente, meus pais tinham uma gata, uma criatura linda e assassina chamada Violet, mas que devia ter se chamado Violenta, já que todos os dias trazia para casa camundongos, ratos e passarinhos, sangrentos e moribundos. Eu detestava ver aqueles presentinhos trágicos e implorava para os meus pais colocarem um sino em Violet, ou darem mais ração em casa, mas eles não queriam nem saber. "Gato é assim", diziam eles. "É instinto. Ela precisa caçar." A morte de Violet foi tão brutal quanto a sua vida, sob os pneus de um carro veloz à noite, e, vendo em retrospecto os anos que ela passou com a gente, acho que meus pais não apenas toleravam a selvageria da gata como também, no fundo, se sentiam gratos. O comportamento de Violet era autêntico, de certo modo, e permitia que eles se sentissem superiores às pessoas da cidade que preferiam não encarar as realidades mais sombrias da natureza. Agora entendo melhor meus pais. Oxana, brutal e feroz, é minha Violet. Ela é a realidade do mundo, quando o observamos sem piscar, nem hesitar. Ela precisa caçar.

Richard bate a faca na taça, e abro os olhos. Estou tão cansada, tão completamente exausta, que preciso me esforçar para não escorregar para baixo da mesa.

— Podemos nos levantar por um instante e ir até a janela? — pergunta Richard.

Lara me ajuda a ficar em pé. Elu parece achar que sou sua amiga.

Richard afrouxa a gravata e começa a falar. Com um movimento amplo do braço, indica o horizonte incandescente da cidade. Em comparação com a imponência dilapidada de São Petersburgo, Moscou é impenetrável, monolítica. É impressionante, mas desumana demais em escala para ser bonita. Sinto meu corpo balançar. Lara me segura com a mão no meu braço.

— Tudo que vocês veem diante de si está morto ou quase — diz Richard. — Nada funciona. Não existem grandes ideais políticos, grandes líderes, nada que dê esperança para o povo. Não me refiro só à Rússia, mas a Rússia é um exemplo perfeito do que estou falando. Tudo o que esse povo valoriza, tudo o que já foi motivo de orgulho, encontra-se no passado. O comunismo era falho como sistema, mas havia um ideal, muito tempo atrás. Uma aspiração. As pessoas entendiam que faziam parte de algo, ainda que fosse imperfeito. Agora, não há nada. Nada além do saque sistemático dos recursos da nação por uma elite voraz autodeclarada.

As palavras dele têm um tom de uso frequente. Ele já as disse antes, talvez muitas vezes. Oxana está ouvindo com a testa ligeiramente franzida, Anton não exibe nenhuma expressão, e Lara, que soltou meu braço, está conferindo as unhas.

Sentindo meu olhar, Lara se inclina para mim.

— O que você acha do nome Charlie? — murmura elu. — Eu gosto muito. Oxana recebeu o codinome Charlie no trabalho de Odessa, e fiquei com *muita* inveja.

— É bonito. Combina com você.

— Sendo assim, qual é a proposta dos Doze? — continua Richard, virando-se da janela e olhando para nós. — Qual era o propósito de nossos planos todos, nossas estratégias? Um novo mundo, nada menos que isso. Acabamos com a vida miserável de homens velhos e corruptos e reconstruímos.

— Ele gosta de falar, né? — murmura Lara.

— Humm.
— Você acha mesmo que Charlie combina comigo?
— Aham.
— Morre o velho, nasce o novo. É assim que a história funciona. Ocorre uma era de ouro, uma era de prosperidade, nobreza e sabedoria, e então, ao longo de milênios de declínio, essa era de ouro fica relegada à memória do povo, um conjunto de narrativas parcialmente compreendidas, um anseio vago pelo que se perdeu. E é assim que estamos agora. Avançando às cegas em meio à escuridão.
— Alex não?
— Não. Charlie é perfeito.
— Tem razão. Todo mundo se chama Alex.
— Mas podemos encontrá-la de novo, aquela era de ouro, porque a história é cíclica. Só precisamos de algumas boas pessoas. Homens e mulheres dotados de visão que percebam a necessidade de se destruir o velho para abrir caminho para o novo, e que tenham a coragem para fazê-lo.

A voz de Richard continua em sua cadência cosmopolitana. Li em algum lugar que etonianos aprendem uma técnica chamada "azeitamento", que é a arte de persuadir outros, com cordialidade e firmeza, acerca de um ponto de vista. Richard está nos azeitando agora, mas suas palavras estão começando a se embolar. Puxo minha cadeira, e, quando me acomodo no assento acolchoado, Oxana me lança um olhar irritado. Não estou muito bêbada, mas me sinto pesada e sem coordenação. Preciso me esforçar para não me deitar embaixo da mesa e fechar os olhos.

— E é nesse ponto, meus amigos, que entramos em cena — diz Richard. — Somos a vanguarda da nova era. E não estamos sozinhos. Por todo o mundo existem pessoas como nós, aristocratas de espírito, esperando o momento do ataque. Mas talvez nossa tarefa seja a mais difícil, e a mais perigosa. Com um ato decisivo, pusemos todo o processo em andamento. Sendo assim, eu lhes pergunto: Villanelle, Eve, Lara, e claro que Anton tam-

bém, meu velho amigo, vocês estão conosco? Estão preparados para entrar para a história?
Oxana assente.
Anton fita com seu olhar claro.
— Até o fim.
— Pode ser — diz Lara. — Mas, a partir de agora, é Charlie. Lara é meu nome morto.
Richard lhe oferece uma sugestão de reverência.
— Muito bem, Charlie será. Eve, você parece... incerta.
— O dia foi longo. Mas só para eu ver se entendi bem. Hoje cedo você parecia bastante ansioso para acabar com a minha vida, e agora quer que eu entre para o seu time?
— Por que não? Sua contribuição seria útil para nós. E, me corrija se eu estiver errado, mas sinto que você apreciaria o desafio de uma nova ordem mundial. A antiga, afinal, não foi muito benéfica para você.
— Tem certeza de que não sou muito... do que foi que você me chamou hoje de manhã? Qualquer uma?
— Eve, todos estávamos em outras circunstâncias hoje cedo. Acho que você é excepcional.
Dou de ombros.
— Então tá bom.
Como se eu tivesse a mínima possibilidade de escolha.
De alguma forma, o jantar se encerra, e Oxana me conduz de volta ao seu quarto. Mal consigo colocar um pé na frente do outro. Oxana começa a roncar em questão de minutos, com os braços abertos e a boca escancarada, mas estou tão cansada que não consigo dormir. Os pontos não colaboram. Os analgésicos e o vinho fizeram efeito, reduzindo a dor a um latejo quente e vago, mas ainda sinto uma fisgada de advertência se faço algum movimento brusco.

O que foi que eu aceitei? Será que algum de nós vai sobreviver? Pelo tom apocalíptico de Richard, e pelo discurso sobre o perigo da missão, imagino que não. Pelo menos nenhum soldado raso. O próprio Richard, claro, já é outra história. Uma coisa é certa: quando a poeira baixar, ele continuará de pé, com a gravata etoniana firme e o sorriso cosmopolitano intacto.

De qualquer forma, falei que sim. O que quer que seja o projeto, com certeza vai incluir o assassinato de pelo menos um indivíduo proeminente. Parece estranho que Richard queira que eu faça parte da equipe. Provavelmente só estou aqui para agradar Oxana, ou para que ela possa ser controlada.

É esquisito. Por um lado, sei que o discurso de Richard é uma baboseira repetitiva e brega. Essa história toda de eras de ouro e renascimento espiritual é só teatro para encobrir o que sem a menor sombra de dúvida será mais um golpe de Estado sórdido. Por outro lado, tem certa perversidade eletrizante no fato de eu estar envolvida em uma conspiração junto com Oxana. Apesar de todo o horror, esse é o mundo dela. Eu sabia disso quando abandonei o meu. E será que aquele papo de destruição e renascimento de Richard era mesmo tão ridículo assim? Eu também não tinha feito a mesma coisa? Destruído minha vida antiga para dar espaço ao meu lado mais verdadeiro, mais sinistro?

Eu me viro na cama junto com Oxana, e nos colidimos em uma confusão de membros.

— Dorme, idiota — murmura ela, sonolenta.

— Estou meio apavorada — digo. — E minhas costas doem.

— Eu sei.

— Eles vão matar a gente. Só querem que a gente faça um último serviço antes.

— Provavelmente.

— Como assim, *provavelmente*?

Os lençóis se mexem quando ela se apoia no cotovelo.

— Você precisa viver no presente, *pchelka*. Já falei isso antes. Agora, a gente está bem e precisa dormir. Especialmente você. Amanhã, de cabeça fresca, a gente pensa em um plano.

— Você não está com medo?
— Como assim? Do quê?
— De tudo o que pode acontecer.
— Não. Não tenho medo. A gente vai descobrir em breve o que eles querem, e aí decidimos qual vai ser nosso próximo passo. Por enquanto, eles precisam da gente, e é só isso que importa.

Estico minha mão no escuro e sinto o seu rosto. O contorno de sua bochecha e boca. Toco em seus lábios, e ela morde meu dedo.

— Você está gostando — digo. — A gente está correndo em um trem da morte bizarro, completamente desgovernado, e...

Eu a sinto dar de ombros.

— Você sabe o que eu sou. Leu os livros teóricos. Dizem que pessoas como eu têm muita dificuldade de processar ameaças.

— É verdade?

— Não, é bobagem. A verdade é que a gente não surta. A gente mantém a calma e a concentração. Dormimos e vivemos para lutar outro dia.

— Então você já leu livros sobre psicopatia?

— Claro. Todos os supostamente importantes. Eles são até bem engraçados. Aquele monte de cara bizarro tentando desesperadamente entender a gente. Você sabia, né, que todos os estudos de caso são de homens? Aí eles presumem que mulheres psicopatas são iguais.

— E estão errados?

— Sempre.

— Dá um exemplo.

Ela boceja.

— Tipo, para começar, eles dizem que psicopatas não são capazes de se apaixonar.

— E são?

— Claro que são. Quer dizer, eu te amo, abelhinha.

Fico sem palavras. Oxana estende a mão, e a sinto se fechar acima do meu coração.

— Olha isso — diz ela. — Bum, bum, bum. Você é uma gracinha.
— Por que você não disse?
— Por que *você* não disse, imbecil? Você me ama, né?
— Eu... amo, claro que amo.
— Então pronto. Agora vira para lá, para eu ficar de conchinha em você, e dorme.

O café da manhã, por acordo tácito, transcorre em silêncio quase total, e o único som no salão é o murmúrio dos garçons ao servirem um café extraordinariamente forte. Todos nos sentamos nos mesmos lugares de ontem. Do lado de fora, a neve passa voando pelas janelas, capturada no caos das correntes de ar que envolvem o prédio. Olhando para fora, enquanto encho o prato de ovos mexidos e de caviar de salmão, mal consigo ver o chão. Só a mancha preta da estrada e a curva verde cinzenta do rio.

Oxana escolhe as mesmas comidas que eu e fica olhando fixamente para a frente enquanto come. Ela está de péssimo humor. Quando acordamos hoje cedo, com os corpos entrelaçados, ela se libertou com um desdém aborrecido e se vestiu com uma fúria tempestuosa. Era como se eu a enojasse, como se ela não suportasse estar pelada na minha frente. O máximo que posso fazer é evitar seu olhar e me imaginar em outro lugar.

Sei o que está acontecendo. Ao dizer que me ama, Oxana acha que ultrapassou os limites, então está me odiando para tentar desdizer. E está funcionando. Charlie olha para nós como se quisesse conversar, mas, ao ver nossa expressão, vira o rosto e começa a aplicar cuidadosamente geleia de damasco em fatias de torradas. Ao seu lado, Anton devora folhados doces macios.

Quando Richard chega, todos já terminamos. Ele ignora a comida, pega uma xícara de café e se senta à mesa.

— Temos dez dias — anuncia ele. — Dez dias para nos prepararmos para uma operação que demandará ousadia e técnica extremas. Se tivermos sucesso, quer dizer, *quando* tivermos sucesso, mudaremos os rumos da história. — Ele abre as mãos e olha para cada um de nós. — Quero que vocês todos lembrem as palavras do marechal Suvorov, que, creio eu, eram muito admiradas pelo seu antigo regimento. Anton?

— Eram mesmo — diz Anton. — "Treino difícil, luta fácil." Pintado na porta do comandante.

— Vamos sair amanhã, ao meio-dia — continua Richard.

— O destino será anunciado no devido momento. Hoje será reservado para providenciar material e papelada. Vamos tomar as medidas das suas roupas e equipamentos, tirar fotos para passaportes etc. É apertado, mas nosso pessoal está acostumado a correr contra o tempo. Os documentos, as roupas e a bagagem de mão serão entregues em vinte e quatro horas. Suas armas estarão à espera de vocês no local de treinamento.

Acompanho com uma incredulidade crescente. Aceitei me envolver no que quer que seja o plano de Richard e dos Doze por causa de Oxana, e porque eu não tinha escolha. Não dava para imaginar que Richard e Anton, considerando tudo o que sabem de mim, fossem cometer a insensatez suicida de me conceder qualquer coisa além de uma função secundária insignificante. Alguns dias no estande de tiro de Bullington não constituem um treinamento rigoroso. Sei disparar, desmontar e limpar uma Glock de uso padrão no serviço, mas nada além disso. Passei minha vida profissional atrás de uma mesa. Uso óculos. Que papel eu poderia desempenhar em uma operação que demanda "ousadia e técnica extremas"? Eu seria um problema, e seria loucura pensar diferente. Contudo, é nítido que Richard está me incluindo nessas instruções.

O dia passa devagar, infeliz. Oxana está inacessível e nem sequer olha para mim. Em vez disso, flerta sem entusiasmo com Charlie, fazendo questão que eu veja, e fica olhando pela janela. Com o ar viciado do ambiente climatizado, o apartamento é opressor. Todos estão tensos. Neva sem parar o dia inteiro, e, embora faça um frio de rachar nas ruas, eu daria qualquer coisa para estar lá fora, respirando o ar gelado e puro. É impossível, claro. Não podemos nem abrir uma janela.

O jantar é, de novo, exagerado, mas estou sem apetite, e o cheiro de carne malpassada e molho grosso feito com sangue me dá um nó no estômago. Então, dessa vez, bebo quase uma garrafa de Château Pétrus, um vinho tão caro que nunca imaginei que provaria. Ao me ver servir a quinta taça, Richard me lança um olhar indulgente.

— Extraoficialmente, Pétrus é o vinho da casa dos Doze — diz ele. — Você vai se encaixar direitinho aqui.

— Com certeza, mal vejo a hora de beber uma porrada desse negócio — digo, ouvindo minha voz embolada. — Quer dizer, isso se eu voltar viva.

— Ah, vai sim — responde ele. — É muito difícil te matar. É uma das coisas de que mais gosto em você.

— Você não gosta de nada em mim — digo, balançando de forma agressiva na direção dele e derramando um jato carmesim de vinho na finíssima toalha de mesa. — Você só precisa de mim porque precisa da minha namorada. Saúde.

Ele sorri.

— Mas ela é? Digo, sua namorada? Ela parece estar se dando muito bem com Lara, ou qualquer que seja o nome que ela esteja usando hoje em dia.

Entendo o que ele quer dizer. Do outro lado da mesa, Oxana brinca com a mão de Charlie, olha bem em seus olhos e mordisca seus dedos.

— Eu ficaria preocupado se fosse o dedo que ela usa para atirar — diz Richard, mas já saí da cadeira e estou contornando a mesa com passos trôpegos.

— Preciso conversar — digo para Oxana.

— Talvez ela esteja ocupada.

— Vai pra puta que o pariu, Charlie. Oxana, você ouviu.

Ela me acompanha. Provavelmente mais por curiosidade do que qualquer outra coisa.

Bato a porta do quarto depois de entrar e dou um tapa tão forte no rosto de Oxana que, por um instante, ela fica paralisada de choque.

— Já chega, entendeu? Já chega dessa sua birra idiota, já chega dessa merda com Charlie, já chega de você ser uma desgraçada do caralho.

Minha mão dói, e parece que os pontos nas minhas costas se abriram. Oxana se recupera e me dá um sorrisinho debochado.

— Você sabia no que estava se metendo comigo. Você sabia mais do que ninguém.

— Vá se foder, Oxana. Isso não basta. Você não pode passar a vida falando que é o que é e que se dane. Você vale mais do que isso. A gente vale mais do que isso.

— Sério? Bom, talvez eu goste de como sou. Talvez eu não queira ser o que você quer que eu seja, já pensou nisso?

— Já, todo dia. Todo santo dia, desde...

— Desde que você abandonou tudo para ficar comigo? Você vai usar essa de novo? Porque me deixa dizer, Polastri, não é nem um pouco sedutor, tá?

— Foda-se. Para mim tanto faz.

— Ah, mimimi, sua frouxa.

Vou até a janela e olho para os vultos na calçada lá embaixo, andando sob a neve forte.

— Presta atenção — digo. — O único motivo por que estou aqui, o único motivo para eu estar viva, é que Richard e Anton acham que você se importa com o que acontece comigo. Eles precisam de você, então me deixam ficar. Mas quer saber? Acho que prefiro avisar que eles se enganaram, que você não dá a mínima para mim. Aí eles podem meter uma bala na minha cabeça e dar por encerrado. Para mim já chega.

— Eve, nunca falei que não me importava com você. Ontem à noite...

— O que tem ontem à noite?
— Você ouviu o que eu disse.
— Você disse que me amava.
— E foi sério.
— E aí você entrou em pânico. Achou que tinha me dado alguma coisa, algum poder, que eu usaria contra você. Você não confiou que eu também te amaria, então se voltou contra mim, como sempre.
— Você já chegou a todas essas conclusões, né? Sacou todas as teorias. Mas quer saber? Isso não significa que você é alguém que se importa. Só significa que você é a mais nova de uma longa série de babacas que tenta fuçar a minha mente desde que eu era pequena.
— Só estou tentando entender.
— Não tente. Você me entendia melhor antes de me conhecer, quando eu só era a pior pessoa que você conseguia imaginar. Um monstro que você precisava caçar. Se pensar em mim assim, não vai errar muito.

Eu me viro para ela.
— Oxana.
— Quê?
— A gente tem mais uma noite aqui. Duas, no máximo. Depois, só Deus sabe. — Vou até ela e ponho as mãos em seus braços. Os músculos dela tensionam sob o suéter fino, e seus olhos cinzentos vazios me encaram. Ponho um dedo na cicatriz de seu lábio e escuto o ligeiro tremular de sua respiração.
— Como você disse, só existe o agora. E você é tudo o que eu tenho, e é tudo o que eu quero.

Ela franze o cenho, como se tentasse resgatar uma lembrança distante.
— Não sinto tudo o que as outras pessoas sentem. Preciso fingir algumas coisas. Mas tenho meu próprio tipo de amor. Provavelmente não é igual a... — Ela dá de ombros ligeiramente. — Mas é real, esse amor.

— Eu sei.

Ela desvia o olhar, e capto o reflexo de lágrimas. Sinto o gosto delas quando a beijo.

— Desculpa — diz ela. — Sou uma bagunça. Só me come, pode ser?

8

As roupas chegam na manhã seguinte. Caixas de casacos e parcas à prova d'água, gorros de inverno, calças, ceroulas térmicas e botas. Nenhuma peça é chamativa, mas todas são de grife e nitidamente caras. Além disso, uma mala pequena para cada um de nós, e pastas com passaportes internacionais russos, carteiras de habilitação, cartões de crédito e outros documentos de identificação com os mesmos nomes.

— Para onde você acha que a gente vai? — Charlie pergunta para mim.

— Havaí?

Saímos ao meio-dia, e, quando descemos do elevador com nossas roupas de marca e acompanhamos Richard pela sequência interminável de saguões do edifício, ninguém olha duas vezes para nós. Poderíamos ser um grupo de turistas de classe alta, ou russos prósperos saindo de férias. Do lado de fora, o frio é maravilhoso, e me viro contra o vento por um instante para sentir os flocos de neve batendo no rosto. Depois, em um instante rápido demais, entramos em uma suv Porsche com janelas escuras. Anton dirige, Richard fica no banco do carona, e eu me sento entre Oxana e Charlie.

Vamos na direção noroeste, seguindo as placas para o aeroporto Sheremetyevo. A visibilidade é limitada, e a superfície da estrada é traiçoeira. Dá para ver o contorno de veículos enguiçados no acostamento com os pisca-alertas acesos. Estou nervosa, mas feliz de estar ao lado de Oxana. Estou feliz até, de um jeito meio perverso, com a presença de Charlie.

Estamos atravessando a estrada do anel externo quando uma viatura policial entra na nossa frente, piscando as luzes azuis.

— Puta merda — murmura Anton, fazendo o Porsche parar na neve suja. — O que foi agora?

Alguém dá uma batida brusca na janela do passageiro, e Richard abaixa o vidro. Os traços do indivíduo de uniforme do lado de fora estão ocultos pelo capacete e pela máscara, mas a identificação bordada no ombro diz que ele é um agente do FSB, o serviço de segurança doméstica da Rússia. Na nossa frente, outros veículos parecidos com o nosso foram parados. Motoristas e passageiros foram orientados a sair dos carros e se dirigir, com os documentos em mãos, até um blindado com gradeado nas janelas e ícones do FSB estacionado na beira da estrada.

— O que está acontecendo, tenente? — pergunta Richard ao homem. O interior do Porsche é açoitado pelo vento e pela neve.

— Verificação de segurança. Passaportes, por favor?

Nós os entregamos, e ele os examina com cuidado e olha para cada um de nós pela janela do carona. Por fim, devolve o passaporte de todo mundo, menos o meu.

— Para fora, por favor — ele diz para mim, apontando para o blindado com a mão enluvada.

Está congelando na rua, e subo o capuz da parca por cima da cabeça ao entrar na fila diante do blindado.

— Devem estar procurando alguém importante — digo para a mulher na minha frente, uma senhora idosa com echarpe de lã rosa na cabeça.

Ela dá de ombros, indiferente, e bate os pés na neve.

— Eles vivem procurando gente. Ficam parando carros aleatoriamente.

Depois de um tempo, chega a minha vez. Subo os degraus do blindado e, quando entro, fico parada por alguns segundos, forçando a vista. Está escuro, em comparação com o brilho da neve. Dois agentes estão sentados em bancos de metal na minha frente, e um está na penumbra à minha esquerda. Ao sinal do homem na penumbra, os outros saem.

— Sra. Polastri. Eve. Que bom que as informações sobre a sua morte foram um exagero.

Reconheço a voz, e, quando ele aparece sob um dos raios de luz que entram pelo gradeado das janelas, reconheço o homem. Ombros largos que parecem mais largos ainda pelo sobretudo militar, cabelo grisalho à escovinha, sorriso malicioso.

— Sr. Tikhomirov. Que surpresa. E, sim, é ótimo estar viva.

— Vi a fotografia. Era boa, e teria enganado a maioria das pessoas, mas... como é que dizem? Este olho é irmão deste. Como você sabe, no nosso mundo, nada é o que parece, incluindo vida e morte. É tudo um simulacro.

Vadim Tikhomirov é um oficial de alta patente do FSB. General, na verdade, embora não seja do tipo que ostenta o posto. Nós nos conhecemos em circunstâncias complicadas depois que Charlie — ou Lara, como era seu nome na época — tentou, sem sucesso, me matar na estação do metrô de VDNKh de Moscou. Naquela ocasião, Tikhomirov não só me tirou da Rússia como me alertou, discretamente, para o fato de que meu chefe, Richard Edwards, era um agente dos Doze.

Tikhomirov é a face refinada de uma organização que muitas vezes age com um rigor brutal, e não sei a quem ele é leal. Ele aparenta ser um agente dedicado do Estado russo, mas, se for mesmo, o que isso significa de fato? Obediência cega aos ditames do Kremlin, ou o uso de jogos mais elaborados e ambíguos?

Ele se inclina na minha direção no banco.

— Eve, temos muito pouco tempo. Se demorarmos, seus amigos lá fora vão desconfiar. Em primeiro lugar, foi genial sua infiltração em uma operação dos Doze.

Eu o encaro. Será que ele acha mesmo que é por isso que estou aqui? Que ainda estou trabalhando para o MI6?

— Como eu sei? Digamos apenas que temos amigos em comum em São Petersburgo. Mas é crucial descobrirmos o que os Doze estão planejando, porque, se minhas suspeitas estiverem certas, as consequências serão catastróficas, e não só para a Rússia. Então é fundamental que você descubra, Eve. E você precisa me contar.

O blindado está frio feito um congelador de açougue, e subo o zíper do casaco até o queixo.

— Você sabe quem está lá naquela SUV, né? Nosso amigo Richard Edwards. Por que não o prende logo?

— Não tem nada que eu queira mais, acredite. Mas não posso. Preciso deixá-lo solto. Ver aonde ele vai nos levar.

— Isso não é um pouco arriscado? Tipo...

— Estamos falando dos Doze, Eve. Precisamos desbaratar a organização inteira, e, para isso, temos que atacar muito acima de Edwards. Ele tem utilidade para os Doze, mas é substituível, e provavelmente também não sabe muita coisa.

— Entendi. — Isso não está me soando bem.

— Então precisamos manter a calma, deixá-los pensar que podem seguir em segurança e esperar os indivíduos centrais se revelarem. Só nesse momento poderemos agir. Antes, precisamos saber o que estão planejando.

— E é aí que eu entro?

— Exato.

— Então me fala.

— Vou lhe dar um número de telefone, que você vai decorar, e o resto fica por sua conta. Você é uma pessoa extremamente astuta, e tenho certeza de que vai conseguir, de alguma forma.

— Ele deixa as palavras no ar. — Então, você está comigo? Sinto muito, mas você precisa decidir agora mesmo.

— Uma condição.

— Diga.

— Oxana Vorontsova.

— Ah. A famosa Villanelle. Achei que talvez fôssemos chegar a ela.

— Não a mate. Por favor, eu... — Fico olhando para ele, indefesa.

Ele sustenta meu olhar, com uma expressão pensativa, e se vira para a porta. Devagar, com um gesto quase imperceptível, ele assente com a cabeça.

— Não posso garantir nada. Preciso considerar o jeito que isso vai repercutir. Mas, se você fizer isso para mim, tentarei fazer isso para você. O número é o seguinte...

Ele fala três vezes. E me obriga a repetir três vezes.

— Eles pegaram nossas armas, celulares, canetas, tudo — digo. — Vão ficar nos vigiando o tempo todo. Não sei como vou...

— Você vai dar um jeito, Eve. Eu sei que vai. — Ele se levanta, abaixando a cabeça sob o teto baixo do veículo. — E agora você precisa sair.

Quando me levanto, um jovem bonito com uniforme camuflado de inverno entra no blindado, e reconheço Dima, o assistente de Tikhomirov. Eles trocam um olhar demorado.

— Por favor — sussurro. — Lembra.

Tikhomirov me olha, com uma expressão de tristeza, e ergue a mão.

No caminho de volta até a SUV, vou repetindo o número que ele me deu.

— O que é que eles queriam? — pergunta Richard, quando voltamos para a estrada.

— Compararam meu rosto com umas fotografias de mulheres num notebook. Eu não parecia com nenhuma delas, já que todas as mulheres estavam usando lenços pretos islâmicos na cabeça, e os agentes não pediram meu nome. Perguntei o que eles queriam, mas não me falaram.

— E quem estava lá?

— Um agente do FSB, com uns quarenta anos, e dois caras mais jovens. Um quarto entrou depois de fumar quando eu estava saindo. Fiquei com a impressão de que não estavam muito interessados no trabalho.
— Eles não tiraram uma foto sua? Ou colheram suas digitais? Ou tiraram uma cópia do seu passaporte?
— Não, nada disso.
Anton se vira para olhar para mim e sorri.
— Só olhando mulheres para passar o tempo?
— Provavelmente.

Richard nos deixa na pista do aeroporto Sheremetyevo, sob um céu da cor de um hematoma escuro. Ele aperta nossas mãos pela janela aberta do Porsche e nos dá um sorriso tenso com os lábios e com os olhos que não chega a disfarçar o alívio por não vir conosco. Como foi que trabalhei tanto tempo para ele e não percebi seus trejeitos falsos?

O Learjet decola pouco depois, rumo oeste. Nosso destino imediato, segundo Anton, é Ostend, na Bélgica. Ninguém pergunta mais nada.

Oxana está sentada ao meu lado, com a cabeça no meu ombro, e conversamos sobre tudo o que vamos fazer, e os lugares que vamos visitar, depois disso tudo. Nós duas sabemos que é uma fantasia, que provavelmente nunca vamos caminhar de mãos dadas pelo rio Neva em São Petersburgo, vendo as placas de gelo flutuando, nem nos sentar ao sol em uma manhã de primavera no pátio do café preferido de Oxana em Paris, mas nos prometemos tudo isso e mais. Não falo nada da minha conversa com Tikhomirov. Tento não pensar sobre isso e ignorar a sensação pavorosa de que estamos perambulando, sonâmbulas, rumo a um precipício. Deixo minha mente divagar neste instante, sentindo o peso leve da cabeça de Oxana no meu ombro.

Depois de três horas e meia, aterrissamos no aeroporto de Ostend-Bruges. A luz já foi quase toda embora, e, quando saímos do interior aquecido e acolchoado do Learjet, somos recebidos por um vento gelado e uma chuva pesada com granizo. Um micro-ônibus nos espera na pista, e somos levados por algumas centenas de metros até um helicóptero Super Puma, onde o piloto nos entrega headsets antirruído. Os rotores do helicóptero já estão girando quando embarcamos, e as luzes do aeroporto desaparecem atrás de nós conforme ganhamos altitude acima de praias desoladas e da superfície do mar do Norte agitada pelo vento.

Oxana se aninha em mim de novo, mas, com o barulho dos rotores e os headsets, é impossível conversar. Não faço a menor ideia de para onde estamos indo, mas a expressão pensativa de Oxana sugere que talvez ela já tenha descoberto. Nossa rota segue aproximadamente a direção noroeste, rumo à Inglaterra, mas por que iríamos de helicóptero para lá? Se nosso destino é Londres, podíamos ter ido em um voo direto de Moscou. Será que vamos pousar em um navio?

Após quarenta e cinco minutos, começamos a descida. Os holofotes do helicóptero iluminam ondas escuras e baixas.

— Chegamos — diz Oxana, articulando a boca sem emitir som. — Ali. — Ela aponta para baixo com o dedo.

A princípio, só enxergo a superfície do mar. E então um retângulo cinzento entra no campo de visão, e as luzes do Super Puma se fixam nele. Uma plataforma marítima, com um tamanho difícil de estimar, sustentada por duas colunas grossas feito troncos. À medida que nos aproximamos da plataforma, vejo que uma das pontas tem um heliporto, que dois vultos humanos minúsculos iluminam com lanternas. Nunca na vida vi algo tão impiedosamente inóspito.

— Puta merda — murmuro silenciosamente para Oxana, e ela assente com a cabeça.

Pousamos, e o Super Puma aguarda apenas trinta segundos no heliporto enquanto desembarcamos para o vento cortante cheio de chuva e gelo. É tão brutal que tenho medo de ser levada embora se perder o equilíbrio, então me seguro no braço da pessoa mais próxima, que por acaso é Anton. Ele grita alguma coisa para mim, mas as palavras são carregadas pelo vento.

Atravessamos a plataforma inteira, de cabeça baixa, até um ponto onde três contêineres de carga estão presos ao chão com cabos de aço. Anton nos leva para dentro de um desses, acende um interruptor e, depois que estamos todos do lado de dentro, incluindo os dois homens que sinalizaram para o helicóptero, fecha a porta de aço.

Não é grande coisa, mas é muito mais acolhedor do que o último contêiner onde fiquei. Duas janelas de vedação dupla foram abertas das paredes laterais, oferecendo vista do mar e do céu. Em uma das extremidades há uma mesa longa e seis cadeiras dobráveis, e na outra, um micro-ondas, um freezer horizontal e uma chaleira. Uma bandeja na mesa comporta vidros de mel, pasta de levedura e geleia de morango. Acima dela, uma prateleira tem exemplares em brochura bastante manuseados de suspenses de Mick Herron, Andrei Kivinov e outros, e um exemplar em capa dura de *Aves do mar do Norte*, de Mangan e Proctor.

— Bem-vindas a Knock Tom — diz Anton. — Originalmente, foi construída pelos ingleses para servir de base para artilharia antiaérea na Segunda Guerra Mundial, para proteger as rotas comerciais do mar do Norte. Então, se vocês ficarem entediadas e quiserem dar um mergulho — ele aponta para a janela mais afastada —, o litoral de Essex fica a uns quinze quilômetros de distância naquela direção. Mas prometo que vocês não vão ficar entediadas. Temos muito trabalho e muitos preparativos a fazer.

"Então vamos começar. Antes de mais nada, conheçam Nobby e Ginge. Eles vão ser seus instrutores e vigias, então prestem atenção e façam tudo o que eles mandarem. Eles foram líderes de equipes de franco-atiradores do Esquadrão E, então entendem do recado. Lara e Villanelle, sei que vocês têm experiência como agentes solo, mas este projeto apresenta desafios peculiares. Nossos alvos, no plural, possuem o melhor esquema de segurança que o mundo tem a oferecer. O trabalho em equipe vai ser crucial."

— Charlie. Meu nome é Charlie. Já que você está falando de trabalho em equipe.

Silêncio. Nobby e Ginge trocam sorrisos.

Anton parece ter engolido uma vespa.

— Charlie, então. Continuando. Vamos usar duas equipes, cada uma com uma pessoa observadora e uma atiradora. A janela de oportunidade será pequena, em condições climáticas difíceis, então a função dos observadores será crucial. Os atiradores serão Villanelle e, hum, Charlie. Os observadores serão Eve e eu.

— E qual é o problema desses dois heróis? — pergunta Oxana, apontando o polegar para os dois instrutores. — Se eles têm uma experiência do caralho, por que é que vocês precisam da gente?

Anton a observa com um tranquilo desdém.

— Nobby e Ginge se aposentaram do campo. Eles preferem transmitir seus conhecimentos a uma nova geração.

— É bem perigoso, então — diz Oxana, com um sorrisinho.

— Não vou fingir que não é perigoso. É muito perigoso mesmo. É por isso que a preparação é fundamental. Temos uma semana para nos concentrarmos completamente na tarefa em questão. Aqui não tem wi-fi, então vocês não terão vínculos ativos com o mundo exterior. Vamos viver e respirar para a nossa missão. Treino difícil, luta fácil.

É nesse momento que perco as esperanças. Vai ser impossível entrar em contato com Tikhomirov, e, como não faço a menor ideia da identidade do alvo, ou dos alvos, não adianta pensar nisso. Além do mais, Anton nitidamente só pretende dar qualquer detalhe sobre a missão no último segundo. Talvez ele nem saiba. O fato de que nos levaram até aqui no meio do mar do Norte, em vez de a um complexo protegido na Rússia, indica a vontade dos Doze de impedir que vaze qualquer informação sobre essa operação. Estamos confinados a esta plataforma minúscula e isolada, acossada pelas intempéries e sem a menor chance de escapar, e sem contato algum com o mundo exterior.

— As duas equipes vão treinar separadas — continua Anton. — Villanelle e eu, com Nobby, e Charlie e Eve, com Ginge. As equipes não vão discutir detalhes de sua missão entre si. Vocês terão acomodações individuais, três na coluna norte da plataforma, três na coluna sul, e ninguém vai se juntar com ninguém. — Ele lança um olhar de nojo para mim e Oxana. — Não é um pedido, é uma ordem.

Observo Anton, com seus olhos claros demais, queixo afiado e boca fina e severa, e não consigo reprimir um calafrio. Ele é um daqueles homens que nutrem um ódio tão profundo, tão arraigado pelas mulheres que o sentimento quase o define. Ele sabe agir com homens. Com Richard, é de uma subserviência sutil; com Nobby e Ginge, é camarada, mas superior. Ele também tem uma boa noção de como agir comigo, já que sou medrosa demais para dar muito trabalho. Mas ele não faz a menor ideia de como lidar com Charlie e Oxana, que são tão brutais quanto ele e não têm medo de mostrar. Eu me viro para Oxana, mas ela está com o olhar perdido para o nada. É impossível saber o que ela pensa sobre as condições de alojamento.

A reunião é seguida por um almoço de embutidos e feijão cozido preparado por Nobby, durante o qual Oxana se mantém quieta e reservada e se recusa a olhar para mim. Por mais que me magoe, isso já não me surpreende. Conheço seu ciclo de humores. Sei que, quando eu disser boa-noite, ela vai me olhar com absoluta indiferença, e é o que ela faz.

Meu dormitório, acessível por uma escada vertical na plataforma, é um camarote com paredes de concreto dentro da coluna norte. Nele há um catre de metal com colchão, lençol e cobertor, todos úmidos, e um armário abastecido com trajes de combate de frio.

Estou me preparando psicologicamente para o processo gelado de me despir quando alguém bate na porta de aço. É Charlie.

— Então a gente é uma equipe — diz elu.

— Pelo visto, sim. — Eu me sento no catre, afrouxo as botas e as tiro. — Que tal o seu camarote?

— Igual ao seu, mas estou na coluna sul, entre Oxana e Nobby. Lembra um pouco Butyrka.

— Sinto muito por eu ter que ser sua observadora. Nem imagino o que é que tenho que fazer.

— Você é boa de matemática?

— Um desastre.

— Porque observadores precisam fazer todos os cálculos. Tipo, o alcance, a direção do vento, essas coisas. E você tem que cuidar da nossa segurança. Você é a vigia.

— Ah, certo. E você?

— Eu vou ficar olhando pela luneta do fuzil. A única coisa que enxergo é aquele círculo miúdo. Até a hora de atirar. Depois, a gente dá o fora, rápido. Quem você acha que é o alvo?

— Não sei, Charlie. Não quero nem pensar nisso.

— Não é você, pelo menos, para variar.

— É, pelo menos isso.

De braços cruzados, Charlie se apoia na parede manchada de ferrugem.

— Você fica com saudade dela? De Oxana? Quando não estão juntas?

— Humm. Sim, fico. Muita. Como era na prisão?

— Muito ruim. Solitário. Sexo ruim.

— Minha nossa, Charlie.

— Pois é. Mas achei que eu fosse ficar lá pra sempre. Então quase fui ao delírio quando me falaram que eu ia sair. Tipo, dizem que os Doze são uma organização patriarcal, mas acho que eles oferecem oportunidades de verdade para mulheres e pessoas não binárias. Chance de crescer como pessoa e viver um sonho. Que, para mim, sempre foi matar gente.

— Trabalho perigoso.

— E eu sei fazer isso muito bem. Sei que você acha que não, mas...

— Nunca falei isso.

— Não precisou falar. Olha, sei que você não me acha grande coisa porque errei duas vezes, mas talvez a situação toda tenha sido pessoal demais, sabe? Tipo, e se eu sabia que Oxana gostava de você, ou sei lá, e fiquei tensa por causa disso? Também tenho sentimentos, sabe? Não sou como a Rachael, aquela replicante de *Blade Runner*.

— Eu sei, Charlie.

— Mas me explica: por que você resolveu ficar com uma mulher? Tipo, você era casada, não era? Com aquele tal de Niko? Oxana sempre chamava ele de polonês babaca.

— Ele não era babaca, era um homem bom, mas é, eu era.

— E era legal?

— Humm. Era.

— Então o que aconteceu? Você acordou um dia e falou foda-se, quero uma boceta?

— Não, não foi assim.

— Então como foi, Eve? Me fala.

— Acho... Nossa, que difícil. Está bem, para começar, Oxana, que na época era Villanelle, me fascinava demais. Eu estava em um emprego muito frustrante, que eu achava que não ia me levar a lugar algum, e aí de repente aparece essa pessoa que desrespeitava todas as regras, que ia vivendo dia após dia do jeito dela, e que fazia qualquer merda que desse na telha e não sofria as consequências, e no início isso me dava raiva, porque a minha vida era completamente... nada a ver com aquilo. Mas aí, aos poucos, fui começando a admirar a habilidade dela, e a astúcia, e o jogo todo que ela estava fazendo. Era tão pessoal. Tão íntimo. Lembra aquela pulseira que ela comprou para mim em Veneza?

— É, eu lembro da pulseira. Fiquei extremamente pê da vida com ela por causa disso.

— Eu sei. E, na época, eu nem a conhecia pessoalmente ainda.

— Fala logo do sexo.

— Não tinha muito a ver com sexo. Na época.

— Sempre tem a ver com sexo.

— Por que você quer saber?

— Porque estou com um ciúme do caralho, Eve. Porque quero ela de volta.

— Charlie, fala sério. Você acha que a gente vai sair dessa? Que vai ter um felizes para sempre?

— Você não acha?

— Não. Em caso de fracasso, a gente morre. Em caso de sucesso, e se o alvo for tão importante quanto eles estão dizendo, a gente morre também, porque com certeza eles não vão querer que a gente viva para contar a história.

— Mas por que a gente contaria qualquer coisa? Eu não contaria, nem você, e muito menos Oxana. A gente só continuaria trabalhando para os Doze.

— Charlie, se o FSB captasse um murmúrio sequer sobre o envolvimento de qualquer um de nós, eles jogariam a gente numa cela de interrogatório mais apertada que uma garrafa de Baileys. E aí a gente falaria, pode acreditar. Alguém falaria.

— Eu amo Baileys, é a melhor bebida que existe. E sinto muito, mas quero Oxana de volta. Tipo, o que você e ela têm em comum? Nada. E agora à noite. Ela nem falou com você. Você não é nada para ela, Eve.

— Vai dormir, Charlie, estou cansada. A gente se vê amanhã.

Acordo cedo e desço a escada até o lavatório, ou "latrina", como Anton insiste em chamar. Apesar de minúsculo, é reservado e tem um chuveiro de água doce aquecido por gerador. Eu me esforço ao máximo para aproveitar os sessenta e poucos segundos de água pelando que me permito. Desconfio que vou passar a maior parte do dia sentindo muito frio.

No café da manhã — chá e sanduíches de bacon —, me junto a Charlie e Ginge, um galês atarracado e calvo com sorriso travesso.

— Que belo dia — diz ele, sorridente, sob os urros do vento na plataforma lá fora.

Ele nos leva até uma das pontas da plataforma, onde foram improvisados dois abrigos, a uns dez metros um do outro, com lonas e tambores de combustível. Há um colchão baixo no chão, embaixo da lona, e, no colchão, um fuzil de precisão com luneta, uma caixa metálica de munição e uma mochila impermeável. Estamos a só uns dois metros da beirada da plataforma. Lá embaixo, o mar revolve, debate e se arremessa contra as colunas da plataforma.

— Agora, vamos nos acomodar. Você fica na arma, Charlinha. Eve, você fica atrás e para a direita, e eu vou me encaixar à esquerda. Bem confortável, né?

Vejo Charlie ficar tense por ser chamada no feminino e se obrigar a relaxar. Nós nos acomodamos no colchão. É estranho estar tão perto de Charlie e Ginge, mas é um alívio poder escapar do vento. Só que continua muito frio, e minhas costas doem muito. Será que sobrevivo até a hora de tirar os pontos?

Ginge sorri para Charlie.

— Fiquei sabendo que você já trabalhou com fuzil de precisão antes, né?

— Um pouco — responde Charlie, desconfiade.

— Nesse caso, você provavelmente já sabe muito do que tenho para falar, mas preste atenção mesmo assim. Esse serviço vai ser bem complicado. Não sei o local do posto de tiro, nem a identidade do alvo. Mas sei que a janela de oportunidade vai ser muito pequena, provavelmente de poucos segundos, que o alvo vai estar em movimento, e que a distância vai ser de mais de setecentos metros. Então, Charlie, sua ação vai ter que ser muito rápida e decisiva, e ao mesmo tempo muito calma. Eve, seu trabalho é garantir que ela consiga fazer isso.

"Então, para começar, sua arma. É um fuzil de precisão AX de fabricação inglesa, com luneta Nightforce. O fuzil é leve, de disparo suave e grande precisão. Um equipamento bem decente. — Ele abre a caixa de munição e revela fileiras de cápsulas brilhosas com estojo de latão. — O calibre é .338 Lapua Magnum. Grande potência. Se mandar uma dessas na direção do alvo, vai fazer um estrago. Então, Charlie, o que você levaria em conta normalmente ao se preparar para um disparo a mais de quinhentos metros?

Charlie franze o cenho.

— Distância, força e direção do vento, resistência do ar, borrifo, Coriolis...

Ginge dá um sorriso cruel para mim.

— Isso faz algum sentido para você, Eve?

— Não muito.

— Não se preocupa, vai fazer. Vamos começar com distância. Quanto maior for a distância que um projétil tiver que percorrer, mais ele desce por causa da gravidade, certo?

— Entendi.

— O vento também é um fator. Um vento cruzado forte vai desviar lateralmente a trajetória da bala, e um vento de frente vai adicionar resistência. Ar frio é mais denso que ar quente, então isso também aumenta a resistência.

— Certo.

— Uma bala percorre o cano do fuzil a uma velocidade muito alta. Isso produz um desvio muito sutil no sentido das raias, que precisa ser compensado para distâncias longas.

— Hum, está bem. Acho que dá para entender isso. E aquela outra coisa?
— Quer nos explicar o efeito de Coriolis, Charlie?
— Claro. Digamos que eu atire em Eve, certo?
— De novo?

Elu sorri.

— Se eu atirar em você a uma distância de um quilômetro, a bala vai voar por uns três ou quatro segundos até te atingir, né?
— Imagino.
— Então, enquanto a bala está no ar, a Terra continua girando. E você está na Terra. Então, mesmo sem se mexer, você ainda se mexe. Entendeu?
— Hum... mais ou menos. Sim.
— Então tá. — Ginge me lança uma piscadela. Acho que, quando era atirador de elite das Forças Especiais, trabalhando com Anton, ele eliminava alvos humanos com o mesmo sorriso alegre no rosto. — Nos velhos tempos, quando eu estava no circuito, a gente precisava calcular essas variáveis todas e ajustar a mira de acordo. Tranquilo, se o tempo estivesse a favor, mas complicava se não estivesse. Agora, temos um sistema de laser que faz esses cálculos todos automaticamente. É só olhar pela luneta, e o ponto de mira corrigido já aparece.
— Então para que eu sirvo? — pergunto.
— Vamos chegar lá. Antes, vamos preparar o fuzil. Charlinha, gostaria de fazer as honras?
— É Charlie. Não Charlinha.
— É mesmo? — O sorriso nunca fraqueja. — Charlie, então.

Nunca achei que elu fosse uma pessoa particularmente habilidosa, mas, ao ver Charlie apoiar calmamente o fuzil no bipé, encaixar o rosto no suporte da coronha, olhar a luneta e testar o ferrolho, percebo imediatamente que estou vendo alguém que entende muito daquilo. Estou vendo a arma se tornar uma extensão do corpo delu.

— Eve, você também tem um equipamento bem bacana. — Ginge abre a mochila impermeável e tira um objeto que parece um telescópio encolhido. — Isto é uma luneta de espotagem Leupold, para ficar de olho no alvo. Tem uma ampliação muito mais potente que a mira telescópica do fuzil, então geralmente dá para ver, bem de perto, onde o tiro acerta.

— Legal.

— Então deixa eu dizer o que a gente vai fazer agora. Se olharem para o mar, adiante e à direita, vocês vão ver uma boia vermelha. É bem pequena e quase no limite da visibilidade. Encontraram?

Forço a vista através dos óculos, que se embaçaram com o ar salgado e úmido, e finalmente vejo um pontinho vermelho.

— Quando encontrarem — diz Ginge —, olhem por suas lunetas.

É verdade, a Leupold é um equipamento incrível. A boia, balançando de um lado para o outro nas ondas, parece tão próxima a ponto de encostar com a mão.

— Certo. A boia está a quinhentos metros deste posto de tiro, mais ou menos, e é com essa distância que vamos trabalhar hoje. Fui informado de que o tiro que vocês vão ter que fazer no dia é a uma distância de pouco mais de setecentos metros. O alvo estará em movimento, e as condições atmosféricas serão complicadas. Então, vamos começar?

Enquanto Charlie e eu ensaiamos os procedimentos descritos, Ginge prepara os alvos. A mochila tem uma caixa de bexigas de aniversário, uma bola de barbante, tesoura, um saco de pesos pequenos de chumbo e um cilindro de ar. Ginge enche uma bexiga, amarra com um pedaço de barbante, prende um peso e joga o troço todo pela beirada da plataforma. Um minuto depois, ele reaparece, soprado pelo vento na direção da boia. Enquanto isso, Ginge prepara a bexiga seguinte.

Espero a primeira flutuar por uns cem metros e então pego a luneta de espotagem. As ondas não estão altas, mais ou menos meio metro, mas o sobe e desce da água é suficiente para fazer com que a bexiga seja um alvo difícil. Em alguns momentos, ela some de vista. Ao meu lado, Charlie parece se concentrar e assume uma imobilidade quase sobrenatural. Rosto no suporte, olho na luneta, dedo no gatilho.

— Distância quatro oito zero — anuncio. — Quatro nove zero. Manda.

Ocorre um estalo abrupto, abafado imediatamente pelo vento. A bexiga continua dançando sobre as ondas.

— Para onde foi? — pergunta Ginge.

— Não vi — confesso. — Não teve agitação na água.

— Não procura a agitação, fica de olho na passagem da bala. Você deve conseguir acompanhar a trajetória pela luneta.

Charlie atira de novo, e dessa vez eu vejo. Um rastro transparente minúsculo, atravessando o vento cruzado.

— Um clique para a direita — digo para Charlie.

Um terceiro estalo, e a bexiga some. Tiro o olho da luneta e vejo uma bexiga rosa balançando a alguns metros para a esquerda. Acontece um som fraco de estouro, e ela desaparece.

— Parece que a gente tem concorrência — murmura Ginge. — Anton acha que aquela outra menina tem olho de gavião. Uma das melhores atiradoras com quem ele já trabalhou.

— Veremos — diz Charlie, com seriedade, e Ginge dá uma piscadela para mim.

As horas passam, e nos acomodamos em uma rotina eficiente. Charlie mantém uma espécie de estado zen: respiração lenta, rosto colado no suporte e face totalmente inexpressiva. Só existem o vento, a sacudida da borda esfarrapada da lona e o deslizamento silencioso do ferrolho.

— Manda — digo, e espero pelo estalo abafado do tiro. Tento não pensar no propósito para o qual estamos nos preparando. Um projétil de .338 é pesado, e um tiro a meio quilômetro de distância deixaria em um torso um ferimento de saída do tamanho de uma toca de coelho. É bem diferente de estourar bexigas.

Mesmo assim, continuamos estourando, assim como Oxana e Anton. Ginge começa a contar nossos acertos e os deles, amarelo contra rosa, mas não é nada demais. Ao meio-dia, seguimos para a cantina para tomar chá e comer, com colheres de plástico, um prato congelado de micro-ondas. Oxana não fala comigo durante o almoço e sequer olha na minha direção. Ela fica encolhida em sua cadeira ao lado de Anton, comendo rápido, em silêncio e de mau humor. Nobby e Ginge estão sentados juntos de costas para mim, comparando opiniões com um tom de voz audível.

— A sua talvez seja um talento mais natural — murmura Ginge. — Mas, no longo prazo, prefiro a minha. Ela...

— Você não devia chamá-la de "ela".

— Cacete, não devia mesmo, né? Mas você acabou de chamar.

— Chamar de quê?

— De "ela".

— Chamei como?

— Falou chamá-*la*.

— Você acha que elu vai ligar? Já que é da Rússia e tal.

— É "elu" que fala?

— Sei lá, porra. Esse jargão politicamente correto me dá um nó na cabeça.

— Você é um dinossauro, moleque, o seu problema é esse. Você devia ser inclusivo como eu.

— Ginge, sem ofensa, cara, mas você é praticamente um anão. Já pensou em fazer filme pornô?

Tomo um gole de chá morno. Não tenho mais a menor ideia do que estou fazendo, nem por quê. Estou treinando para participar de um assassinato político para os Doze, ou estou trabalhando como agente infiltrada para Tikhomirov e o FSB? Minha bússola está girando. Minha única lealdade real é para com Oxana. Estou ensaiando um assassinato para ficar ao lado dela, e agora ela se recusa a olhar para mim.

Mas Oxana é assim mesmo. Amá-la é um jeito de morrer. Eu me sinto vazia, como se minhas entranhas tivessem sido devoradas, como uma maçã comida por vespas. Era isso que ela queria? Me ocupar e intoxicar? Me subjugar completa e perdidamente e, depois, se desprender de vez?

Ginge, Charlie e eu voltamos ao posto de tiro e continuamos até escurecer. O vento fica mais forte conforme o sol vai embora, e a desolação do lugar invade minha alma, ou o que quer que tenha sobrado dela. Enquanto isso, Charlie continua com calma e paciência, mandando balas para os alvos à medida que vou dando os sinais. Aprendo a escolher o momento de falar, a alinhar meu ritmo de respiração com o de Charlie para que elu solte o ar enquanto a bexiga sobe na água e aperte o gatilho durante um milissegundo de imobilidade do alvo na crista da onda. Apesar de todas as nossas diferenças, somos uma boa equipe.

À noite, enquanto Nobby e Ginge trocam deboches durante o preparo da comida — impossível chamar aquilo de jantar — e Oxana e eu nos ignoramos rigorosamente, Anton nos informa que é Natal. Ele tira uma garrafa de brandy e seis copos descartáveis de um armário, serve uma dose grande em cada um e distribui para todos.

Trocamos olhares constrangidos. Oxana vira seu copo e o estende para pedir mais, e Anton, hesitante, serve. Ela engole a segunda dose e recua em um silêncio melancólico.

Charlie beberica seu copo e estremece.

— Você não gosta? — pergunto.

— Gosto com chocolate quente, meio a meio. Era assim que Emma e Celia bebiam. Puro é ácido demais.

— Você atira muito bem com aquela arma.

— Eu sei. — Elu me encara com um olhar sério. — Mas você de observadora é superútil para mim. Por enquanto, só tem mar lá fora. Mas, quando a gente chegar no posto de tiro de verdade, você vai ver como sua parte é importante. Você gosta de trabalhar comigo?

A pergunta me pega de surpresa. Apesar de toda a proficiência letal de Charlie, elu às vezes pode ser quase infantil. Estou prestes a responder quando Oxana começa a dançar. Ficamos todos olhando em choque enquanto ela saltita pelo espaço apertado, circulando entre nós, sacudindo os braços e rebolando o quadril.

— Vamos, pessoal — canta ela. — É Natal.

Ninguém se mexe. Ficam todos boquiabertos, vendo Oxana escancarar a porta de aço do contêiner e sair requebrando. Depois de um instante, vou atrás dela para a superfície escura da plataforma, onde ela continua se sacudindo, com a roupa tática colada no corpo por causa do vento salgado. Eu a seguro, morrendo de medo de ela chegar perto demais da beirada, e ela se vira com violência nos meus braços.

— Oxana, para. Por favor.

Ela começa a falar, mas preciso aproximar o ouvido de sua boca para ouvir as palavras no meio da ventania estrondosa.

— Você não escutou o que Anton falou? É Natal.

— Escutei, sim.

— Então não quer dançar comigo?

— Aqui não. — Eu a puxo de volta para a porta. — Vamos entrar.

— Por que você não quer dançar comigo? — Ela me encara com um olhar de acusação. — Você é tão... *chata*, porra. — Ela grita a palavra para mim, mas o vento a leva embora.

Eu a deixo lá, revirando os olhos e com o cabelo que nem uma coroa de cravos em volta do rosto. No contêiner, o apito do micro-ondas anuncia que a comida ficou pronta. É uma gororoba de pacote feita à base de curry. Eu me sirvo com uma porção, mas estou tão furiosa que mal sinto o gosto.

Oxana entra de novo. Ignorando todo mundo, ela pega para si uma porção enorme desproporcional e começa a enfiar tudo na boca. A colher de plástico quebra quase imediatamente, então ela joga os pedaços no chão e passa a usar as mãos.

Depois de um instante de silêncio, Nobby começa a contar uma história sobre uma mulher que ele conheceu em uma boate em Brentwood High Street, e Charlie me fala que tem certeza de que tem futuro como artista de cinema em Hollywood, e pergunta o que eu acho, e respiro fundo e respondo que já aconteceram coisas mais estranhas.

Com feições largas e bem definidas, braços musculosos e corpo escultural, o físico de Charlie combina bem com o de super-heróis. E é bem possível que o público desconsidere a acusação de homicídio, o período de prisão e o sotaque inglês bizarro. O problema, acho, seria a capacidade de atuação propriamente dita. Sutileza não é o forte de Charlie. Isso considerando o jeito boquiaberto e explicitamente libidinoso com que encara Oxana, que está lambendo o resto do molho curry no prato de papel.

— Charlie — digo. — Não vai rolar.

Os seus olhos nem tremem.

— Você não a conhece mesmo, né?

Na manhã seguinte, acordo junto com o sol, já sem raiva, e vou para a plataforma. À minha volta, o mar se revolve em picos e vales de azul e preto, entremeados de espuma. O céu é de um cinza suave, e o vento suspira. Na ponta oeste da plataforma, Nobby e Ginge estão fumando e protegem do vento os cigarros enrolados à mão.

Desenvolvi uma afeição cautelosa pelo nosso desolado posto avançado. Os limites físicos são definidos e inequívocos. Enquanto estivermos aqui, estamos vivas. Na eventualidade improvável de que continuemos assim, será que Oxana e eu temos futuro juntas?

A maioria dos relacionamentos com psicopatas termina quando a pessoa psicopata sabe que a vítima mais recente sucumbiu e, portanto, deixa de despertar interesse. Não é assim com a gente. Nós brincamos com a ideia de que Oxana é a predadora e eu sou a presa, mas isso é um jogo, e nós duas sabemos. Desde o início, quando Oxana era Villanelle e olhou pela primeira vez nos meus olhos, ela reconheceu algo que eu demoraria a compreender. Que, em essência, nós éramos iguais e que, consequentemente, nenhuma das duas jamais conseguiria possuir ou controlar a outra.

Acho que é por isso que ela se comporta tão mal, exigindo minha atenção e rejeitando-a ao mesmo tempo. Ela sabe que eu a amo, mas também sabe que a narrativa tradicional do amor psicopata, a que termina na minha destruição e em seu triunfo brutal, não vai acontecer. Parece que, em vez disso, estamos nos encaminhando a um parco equilíbrio. Sei que existe uma parte que não tenho como alcançar. Uma parte onde ela sempre esteve sozinha, e sempre estará. Digo para mim mesma que posso viver com isso. Que só preciso ter paciência. Esperar de braços abertos até ela voltar.

Esse otimismo frágil dura exatamente o tempo que levo para entrar na cantina e ver Oxana sentada ao lado de Charlie. Estão com a empáfia satisfeita e sonolenta de pessoas que passaram a noite toda trepando. Os dedos de Charlie estão apoiados tranquilamente na coxa de Oxana, e a cabeça de Oxana está inclinada de um jeito dominante em direção a Charlie.

A cena toda é tão evidente, tão explícita e deliberada, que por um instante fico paralisada. Como é que nunca reparei nos dedos de Charlie? Gordos, rosa e largos, que nem as chipolatas artesanais de porco que Niko comprava, e provavelmente ainda compra, na feira de West Hampstead.

— Chá, *detka*? — pergunta Charlie a Oxana, fitando-me com olhos cor de ardósia molhada, e sinto minhas entranhas se revirarem e meus punhos se fecharem impotentes junto ao corpo. Sinto uma vontade enorme de bater em Charlie. Não, vou corrigir. Olhando para aqueles dedões de chipolata, e pensando no lugar onde eles estiveram, tenho vontade de matar Charlie. E matar Oxana também.

Oxana assente. Ela está com aquela expressão blasé de quem pouco se importa e olha tranquilamente para mim quando me aproximo.

— Eve — diz ela. — Oi.

— Vai se foder — digo para ela, tentando manter a voz firme. — E vai se foder você também.

— Menos, né? — sugere Charlie, e, sem nem pensar, pego o objeto duro mais próximo, que é uma lata fechada de feijão cozido, e jogo bem em direção a Charlie. A lata acerta no meio dos olhos de Charlie, que cai de lado na cadeira, vai parar no chão e fica ali.

Oxana me encara, sem palavras, de olhos cinzentos arregalados.

— Acabou entre nós — digo, pegando a lata amassada, encaixando o dedo no anel e despejando o feijão em uma frigideira. — Não fala comigo. E espero que vocês sejam tão felizes quanto porcos num chiqueiro.

Anton chega e, ao ver Charlie no chão, para.

— Que porra é essa? — pergunta ele, incrédulo. — Vocês andaram brigando?

Bato a frigideira no fogão portátil e acendo o fogo.

— Você sabe como nós, mulheres, somos emotivas.

No chão, Charlie se mexe e geme. Há um calombo do tamanho de uma noz no meio de sua testa, e um corte muito feio. Um fio de sangue escorre até uma das sobrancelhas.

Anton olha irritado para Charlie.

— E o que aconteceu com ela?

— Bateu a cabeça. Vai ficar bem.

— É bom que fique. Você é a observadora dela. Vai buscar o estojo de primeiros socorros e trata esse ferimento.

— Vai você, porra. Eu quero tomar café e, para ser sincera, não dou a mínima se Charlie vive ou morre.

Anton dá um esgar.

— Alguém acordou com o pé esquerdo hoje, hein? O que aconteceu? A namorada decidiu experimentar novos horizontes?

Eu o ignoro, e, quando Oxana levanta a cadeira caída, ajuda Charlie a se levantar e examina o calombo, eu a ignoro também. Quando o feijão fica pronto, pego a frigideira quente e uma colher e saio para a plataforma, onde encontro Nobby e Ginge.

— Que bela manhã — diz Ginge, como ele faz todo dia.

— É mesmo — respondo. Nunca comi uma lata inteira de feijão antes.

Quando Charlie e eu nos encontramos no posto de tiro, elu está com a cabeça enfaixada e me olha com uma expressão ressabiada. Ginge nitidamente sabe que brigamos, mas tem tato para não tocar no assunto. Então, conforme vou dizendo as distâncias e os rastros, com voz desprovida de expressão, Charlie dispara bala atrás de bala com o fuzil. A visibilidade está boa, o mar está calmo, e quase não há vento cruzado. Não devo ter causado nenhum dano sério a Charlie, porque logo começamos a acertar bexigas a quase um quilômetro de distância.

— Eu queria que estivesse ventando mais — murmura Charlie para Ginge.

— Fácil demais, é?

— Não, Eve está peidando sem parar.

— Ah. — Ele se inclina para mim e dá um sorriso. — Já tive um cachorro com esse problema. Mas era um bom cachorro.

De alguma forma, o dia passa. Eu me aferro à minha raiva, mantendo-a fria e aguda, e não digo a Charlie uma palavra sequer além do necessário. A faixa na cabeça e o inchaço feio por baixo me consolam um pouco. Foi um lance reflexivo brilhante, modéstia à parte, e tenho certeza de que Charlie não pretende se vingar tão cedo.

Não precisa. Seu triunfo foi completo. Por que eu não estava preparada para o comportamento tão brutal, tão imperdoável de Oxana, quando, vendo em retrospecto, era a atitude mais provável do mundo? Sei que ela não resiste a submeter meus sentimentos a seus testes cruéis e ofensivos, e sempre havia a chance de que, mais cedo ou mais tarde, ela os testaria para além dos limites.

Foda-se. Sério. Fico melhor sozinha.

No fim do dia, começa a soprar um vento forte, e respingos de neve chegam do leste. De pé na beirada da plataforma com minha roupa tática, sentindo o rosto formigar com o frio, me sinto consumida pela culpa e pela tristeza. Observo o mar pelo que parece muito tempo, e, conforme a luz vai embora e a sensibilidade desaparece da pele exposta do rosto e das mãos, algo na vasta indiferença da paisagem — algum tom triste, severo — me possui, e minha raiva se transforma em determinação. Posso estar oca por dentro, esvaziada e devorada por Oxana, e posso estar sozinha e não ter chance de redenção, mas não vou sucumbir.

Fodam-se todos.

Não sucumbirei.

9

O dia seguinte passa rápido. Só falo quando falam comigo, ignoro Oxana completamente e limito meu contato com Charlie a orientar seus disparos.

Temos mais duas noites na plataforma do mar do Norte, e depois voltamos para a Rússia. Pelo menos é o que estou imaginando, já que meu passaporte não tem visto para nenhum outro país. Ao longo do dia, imagino as formas possíveis de entrar em contato com Tikhomirov. A única chance que vou ter é quando pousarmos na Rússia e passarmos pela imigração. Vai ser impossível antes, enquanto Anton estiver nos vigiando, e quase certamente impossível depois.

Penso em hipóteses diferentes. Alguma distração, durante a qual me entrego a agentes da alfândega ou à segurança. Uma emergência médica, talvez, retorcendo no chão do terminal de chegada e fingindo ter gastroenterite? Será que eu daria conta de algo assim? Pouco provável. Anton vai ficar de olho em qualquer sinal de comportamento estranho ou errático. Vai manter um controle muito rigoroso sobre nós, e sem dúvida ele tem experiência lidando com o tipo de funcionário que costuma trabalhar em aeroportos russos.

E se eu tentar roubar um celular? A fila do passaporte seria um lugar possível para surrupiar do bolso ou da mala de outro passageiro. Bastaria digitar o número de Tikhomirov e deixar tocar. Ele saberia que era eu e poderia identificar minha localização e rastrear o aparelho. Contudo, o castigo caso me descobrissem seria grave, e, considerando a atenção com que estariam nos vigiando, o flagra seria provável.

Estamos há quase quinze minutos no processo de ingerir o jantar quando me dou conta do que está acontecendo na minha frente. Anton nos observa da cabeceira da mesa e faz anotações em um caderninho de espiral.

Ele está escrevendo. Com um lápis.

Quando termina, Anton enfia o caderno no bolso da calça e joga o lápis em uma bancada, entre uma caixa de colheres de plástico e uma jarra de vidro cheia de saquinhos de chá. Ele levanta o rosto, nossos olhares se cruzam, e trocamos um sorriso tenso, pouco simpático. Nenhum de nós chegou a descobrir como tratar um ao outro. Ele já tentou me matar duas vezes, pelo menos, e eu nunca escondi o fato de que o acho asqueroso. Não é o ponto de partida ideal para um relacionamento.

Olho para o lápis. Está quase escondido atrás da caixa de papelão das colheres, e, quando viro o rosto, um plano completo surge na minha cabeça. É perigoso, tão perigoso que não consigo me obrigar a pensar em muitos detalhes, mas é o que eu tenho. E, estranhamente, sinto certa paz.

Desço do catre de roupa tática e meias e abro minha porta, um centímetro de cada vez, morrendo de medo de ser denunciada por um rangido das dobradiças. Está escuro do lado de fora do camarote, mas já memorizei a geografia do lugar. Estou em um espaço pequeno, dentro de uma das colunas cilíndricas da plataforma. Na minha frente há uma escada presa à parede, que sobe até a superfície da plataforma e desce até o nível do mar. Abaixo de mim fica o camarote de Ginge. Acima fica o de Anton. Para chegar até a superfície, preciso passar pela porta dele sem fazer barulho.

Respiro fundo e começo a subir. Minhas meias estão escorregadias nos degraus gelados de aço, e sinto o coração martelando assustadoramente no peito, mas me obrigo a continuar. Não escuto nada no camarote de Anton. Subo a escada, e agora consigo ouvir o zumbido fraco do gerador que fornece energia à plataforma; ele fica em um barraco ao lado da cantina.

Quando saio pelo alçapão e me arrasto para a superfície da plataforma, uma ventania furiosa joga meu cabelo nos olhos. O céu acima de mim é de um preto azulado cheio de riscos, e o mar à minha volta é de um cinza revolto, ligeiramente iluminado pelas lâmpadas de alerta de cada canto da plataforma. Fico agachada por um instante. Não estou mais ouvindo o gerador, só os urros do vento e o quebrar das ondas. E então, com o corpo abaixado, corro até a cantina e fecho a porta atrás de mim. Está mais silencioso do lado de dentro, mas não menos frio. Com alguns passos, chego à bancada e apalpo em volta da caixa de colheres em busca do lápis.

Pouco depois, ele está na minha mão, e, assim que sinto o formato hexagonal entre os dedos, a porta se abre de repente e uma lanterna ofusca meu rosto. O susto é tão grande que paro de respirar e fico olhando a luz, boquiaberta.

— Sua puta ardilosa — diz Anton. — Eu sabia que tinha razão sobre você.

Não consigo enxergar o rosto dele por trás da luz da lanterna, mas imagino o esgar. Não tenho para onde fugir. Ele está parado entre mim e a porta.

— Você ia tentar enviar alguma mensagem, não é? Você me viu tomando nota e pensou: "vou pegar isso para mim". Bom, sapata idiota, saiba que era exatamente isso que você devia pensar. Deixei o lápis aí porque eu sabia que você viria pegar. Vocês, mulheres, puta que o pariu.

Sou tomada por ondas de fúria. Sinto-me estranhamente concentrada e de cabeça leve.

— Pena que não poupei o tempo de todo mundo e matei você em São Petersburgo. Você e sua namorada psicopata. Mas, bom, antes tarde do que nunca. — Ele estende a mão livre, pega no meu braço e me arrasta para a porta aberta. Resisto, puxando com força, e nisso me vem a impressão surreal de que meu corpo foi ocupado por outra pessoa. Alguém forte, e de uma eficiência implacável. Alguém como Oxana.

Continuo resistindo a Anton com todas as forças, grunhindo pelo esforço, e então dou um pulo para a frente, fazendo-o perder o equilíbrio de tal modo que ele cai com força para trás e bate a cabeça no batente de aço da porta. Enquanto ele está caído, semiatordoado e piscando sob o feixe inclinado da lanterna, enfio o lápis com todas as forças em sua narina esquerda.

Anton arregala os olhos, seus dedos se contorcem, e um som trêmulo brota de sua garganta. Ele tenta levantar a cabeça, mas continuo segurando a ponta do lápis e empurro para baixo, fazendo-o entrar mais e mais pelo nariz. O lápis empaca depois de entrar uns dez centímetros, então aplico o peso do meu corpo e cravo mais alguns centímetros. Tiro a lanterna da mão dele e ilumino seu rosto. Seus olhos se viraram para dentro, os lábios estão tremendo, e um fiapo de sangue escorre pela narina vazia e entra na boca.

— Puta que o pariu as mulheres — murmuro. — Fazer o quê, né? — É quase certo que a ponta do lápis penetrou o cérebro de Anton, mas não foi letal. Preciso de alguma coisa dura e pesada. — Fica aí — digo, usando a lanterna para iluminar a cantina. Há um livro de capa dura e tamanho considerável na estante. Estou com a mão esticada em sua direção quando ele se levanta parcialmente, com o olhar perdido. Pego o livro com as duas mãos e o puxo, miro e enfio o lápis mais uns dois centímetros. Ele cai no chão, mexendo debilmente as pernas.

— Eve, querida, o que está acontecendo?
Largo o livro com um grito e boto as mãos no peito.
— Nossa, Oxana.
— O que você está fazendo?
— Que merda você acha que eu estou fazendo? Cravando um lápis no cérebro de Anton com um exemplar de *Aves do mar do Norte*.

— E é bom?

— Muito, segundo o *Observer*.

— Não, você matar Anton. Ele estava te perturbando?

— Ele me flagrou roubando o lápis.

— Não entendi.

— Dá para esperar. Segura as pernas dele enquanto dou uma última martelada.

Quando Anton finalmente para de tremer, eu me deixo cair em uma posição agachada exausta junto à parede do contêiner.

— Ele morreu? — pergunta Oxana, passando o dedo na ponta do lápis.

— Quase.

Ela se abaixa na minha frente, pega a lanterna e desliga.

— Visão noturna — explica ela.

Não consigo enxergar muita coisa, mas sinto o volume morno do corpo de Anton aos meus pés.

Oxana dá uma fungada longa e catarrenta.

— Você é mesmo sinistra, hein, *pupsik*?

— Fala por que você está aqui.

— Eu estava te procurando. Fui no seu camarote, e você não estava lá.

— Por que você estava me procurando?

— Saudade.

— Papo furado. Vai se enfiar na cama de Charlie.

— Charlie não é você.

— Então por que vocês treparam?

— Bom, tecnicamente, eu não trepei. A gente...

— Não quero saber o que vocês fizeram, só quero saber por quê.

— Não sei. Eu só... — Ela funga de novo. — Quer saber a verdade?

— A verdade.

— Porque eu estava com raiva de você.

— Por quê?

— Porque eu te amo.
— Pelo amor de Deus, Oxana. Faça-me o favor.
— Amo sim. Juro.
— Nesse caso, me ajuda, porque tenho que me livrar deste corpo. Pela beira da plataforma.
— Tudo bem, *pupsik*. Vamos pegar uma perna cada uma?
— Não me chama assim. Não te perdoei ainda.
— Foi só sexo.
— Sexo com outras pessoas não é legal, Oxana.
— Desculpaaa... — Ela dá uma olhada em Anton. — E você pode parar de olhar para mim assim, Pinóquio.

Levamos alguns minutos para arrastar Anton da cantina para o lado oeste da plataforma.

— Você ainda quer esse lápis? — grita Oxana, sob os urros do vento.

Eu tinha esquecido que esse exercício todo só acontecera para eu pegar o lápis. Faço que sim, me ajoelho ao lado de Anton e tento puxá-lo do nariz dele com os dedos. Anton revira os olhos para dentro da cabeça, mas não consigo deslocá-lo, está bem preso.

Oxana tenta, mas também não adianta. Ela olha para mim.

— O único jeito de a gente arrancar vai ser se eu segurar a cabeça dele e você pegar a ponta do lápis com os dentes e puxar.
— Que ideia asquerosa.
— Você é que quer o lápis, meu bem.
— É, eu sei. Merda.
— Então vai.

Então vou. Oxana firma os dedos por baixo do queixo de Anton, e me inclino de lado até a cabeça dele e fecho os dentes na ponta do lápis. Os lábios dele estão secos, sua barba por fazer roça na minha bochecha, e o hálito dele, que sai em suspiros fracos, tem cheiro de brandy e curry. Puxo o lápis com todas as forças, mas ele não se mexe, e tenho medo de quebrar a ponta com os dentes. Depois de um tempo, levanto a cabeça, engasgando, e encho os pulmões com o ar marítimo.

— De novo — gesticula Oxana.

— Quer tentar? — grito para ela, e ela balança a cabeça.

Mordo o lápis de novo, apoio as mãos nos bíceps de Oxana e puxo com toda a força. Dessa vez, sinto alguma coisa ceder. O lápis se mexe por um ou dois milímetros e, quando finalmente sai, sinto um líquido quente molhar meu pescoço e peito.

— Merda — digo. — Sangue para todo lado.

— Não se preocupa, querida, a gente resolve. Senta de costas para mim, para que eu possa empurrar esse babaca pela beirada.

Sinto os ombros dela ficarem tensos quando ela o empurra com as pernas, e, quando me viro para olhar, Anton sumiu. Nem escuto o barulho na água.

Passamos os dez minutos seguintes nos arrumando. Enquanto lavo o grosso do sangue com água da cantina, Oxana entra no quarto de Anton e me traz uma camiseta e camisa tática limpas. Visto as duas, e então achamos a garrafa de Napoleon, que ainda estava pela metade, e a levamos para fora. Oxana despeja o resto do brandy pela beirada da plataforma e larga a garrafa vazia no chão. Amarro um embrulho com minhas roupas ensanguentadas e, usando a lanterna para fazer peso, jogo no mar. Depois, concluídos os trabalhos da noite, saímos da superfície. Atrás de mim, Oxana fecha o alçapão.

— Seu camarote fica na coluna sul — digo, mas ela me ignora.

Em silêncio, um degrau de aço de cada vez, ela me acompanha escada abaixo, passando pelo camarote de Anton, até o meu. Acendo a luz, ficamos paradas por um instante, e então recuo o braço e dou um soco na boca de Oxana, com todas as forças. Ela se retrai, pisca algumas vezes, cospe sangue e catarro na mão e limpa na coxa de suas calças táticas.

— Então — murmura ela, lambendo os lábios. — Estamos quites agora?

Balanço a cabeça, com vontade de bater nela de novo, mas percebo que estou tremendo tanto que não consigo. Tento falar, mas também não dá, porque ela puxou meu rosto para o ponto quente entre seu ombro e a curvatura do seio e me prendeu com tanta força, firmando minha testa com a bochecha e meu cabelo com a mão, que mal consigo respirar.

— Estamos? — pergunta ela, fungando algo na minha orelha, e só consigo menear a cabeça. Ela me segura por um tempo, e depois levanta meu rosto até ficar de frente para ela.

— Não significou nada — diz ela. — Foi só sexo.
— Foi uma coisa horrível de se fazer. Escrota mesmo.
— Eu sei.
— Você tem lenço?
— Não. Você precisa?
— Não, mas você sim. Essa fungada e engolida que você faz é nojenta.
— Estou resfriada, Eve. Acontece. Até com russas.
— Então toma alguma providência. Nossa.

Ela enfia a mão no bolso, puxa uma calcinha amassada e assoa o nariz nela.

— Pronto. Resolvido.
— E, só para constar, você tomou banho depois de trepar com Charlie?
— Como eu disse, não cheguei a...
— Tomou?
— Não.
— Então toma agora.
— Eve, são sei lá quantas horas da madrugada. Vou acordar Ginge.
— Duvido que a gente acorde. E, mesmo se acordar, não tem importância agora que Anton sumiu, né?
— A gente?
— Também vou tomar. Estou me sentindo um nojo.

Seus olhos cinzentos de gata me encaram com desconfiança.

— Só não fala nada, está bem?

Ela fecha a boca com um zíper imaginário, mas seus lábios estão se retorcendo.

A gente se permite dois minutos voluptuosos debaixo da água quente. O primeiro, para lavar tudo que tinha acontecido, e o segundo, para começarmos a nos redescobrir. O lavatório minúsculo não é um espaço ideal para encontros, mas é quente e cheio de vapor, e Oxana é forte. Forte o bastante para me levantar contra a parede até ficar com o rosto entre minhas coxas e eu apoiar as pernas em cima de seus ombros e me recostar para trás, de boca aberta, arfante, nos azulejos molhados.

No meu catre estreito, com o corpo quente dela junto do meu e o cheiro dela nas minhas narinas, nos aconchegamos sob as cobertas finas e trocamos lembranças de nossos primeiros contatos.

— Foi naquela noite quente de trovões em Shanghai — sussurra ela. — A gente tinha acabado de se ver por um segundo na rua, mas foi elétrico. Foi como se eu olhasse para mim mesma. Foi por isso que subi para o seu quarto no hotel e fiquei te olhando dormir. Para ver se era verdade mesmo.

— E era? É?

— Você já sabe a resposta. Você comprovou hoje. Vai me dizer por que você queria tanto aquele lápis?

— Amanhã eu digo. Não quero pensar nisso tudo. Quero que a gente fique aqui, neste catre, neste camarote, para sempre.

— Eu sei, *pchelka*, eu também. Um dia.

— Um dia.

— *Spoki noki*, abelhinha.

— Bons sonhos.

Quando Anton não aparece para o café da manhã no dia seguinte, ninguém dá muita atenção. A garrafa vazia de brandy na beira da plataforma foi vista, e Nobby e Ginge fazem comentários compreensivos sobre manhãs de ressaca. Contudo, às oito e meia, os dois já estão de olho no relógio e trocando olhares preocupados. Ginge se oferece para ir ao camarote de Anton acordá-lo e volta com uma expressão grave.

Ele e Nobby conversam, e então nos dividimos e procuramos cada centímetro da plataforma. Não demora muito. Os dois contêineres de escritórios estão trancados, mas uma olhada pelas janelas demonstra que estão ambos desocupados.

— Será que ele não pegou um barco ou bote inflável? — sugiro, prestativa, e Ginge balança a cabeça.

— Não. Mesmo se tivesse algum para ele pegar, o vento ontem à noite era de grau oito, no mínimo. O chefe não seria maluco de tentar fazer algo assim.

— A única conclusão possível é que ele caiu da beirada — diz Nobby. — Provavelmente depois de virar aquela garrafa.

— De propósito? — pergunto.

— Não. Por que ele faria isso? Ele estava bem interessado neste projeto e obviamente queria executá-lo. Deve ter se embebedado e perdido o equilíbrio. É fácil.

Ginge faz que sim com a cabeça.

— A questão é: o que fazemos agora? Faltam vinte e quatro horas para o helicóptero vir nos buscar.

— Seguimos os planos? — sugere Oxana. — Não precisa fazer diferença.

— Eu posso ser seu observador hoje — diz Nobby.

— Beleza. Tanto faz.

Ginge olha para cada um de nós.

— Tudo mundo concorda? Seguimos em frente? Enquanto isso, vou ver se consigo dar um jeito na fechadura do escritório principal. É bem capaz de ter um telefone de satélite lá, e a antena deve estar funcionando.

— Quem você vai chamar? — pergunta Nobby. — Os Caça-
-fantasmas?

— Nossos patrões. Avisar sobre o chefe.

— Antes você do que eu.

— Alguém precisa fazer isso, garotão.

Voltamos aos postos de tiro. O mar e o céu estão mais tranquilos hoje, e a visibilidade melhorou muito. Charlie já está acertando praticamente todos os alvos a setecentos metros ou mais. Um tiro, uma baixa, como Ginge repete para a gente sem parar. Pelo que estou vendo, a taxa de acertos de Oxana está no mesmo nível.

Passamos nossa última noite na plataforma dentro do meu camarote. Falo para Oxana que encontrei Tikhomirov, e que ele me pediu para entrar em contato se eu descobrisse o que os Doze estão planejando, e digo que, se possível, é exatamente o que pretendo fazer. Reforço que, quanto mais importante for nosso alvo, menor é a chance de os Doze nos deixarem viver depois do serviço. Somos mais do que descartáveis. Somos um problema.

Por outro lado, se eu conseguir entrar em contato com Tikhomirov e transmitir informações suficientes para ele intervir antes de darmos qualquer tiro, talvez ele veja vantagem em nos manter vivas e avisar que estávamos atuando como suas agentes desde o início. Oxana fica brava por um instante, e extremamente desconfiada de se aliar ao FSB, mas concorda que, no longo prazo, é provável que seja ligeiramente melhor para nós confiarmos no serviço de segurança estatal do que nos Doze.

— E é para isso que você queria o lápis? — pergunta ela.

— Exato. Para tentar mandar uma mensagem para ele.

Conto meu plano, do jeito que pensei, e ela reflete em silêncio.

— Pode dar certo — diz ela, enfim, acariciando meu rosto com os dedos ressecados pelo frio. — Mas também eu meio que gostaria de fazer o ataque. Eu adoraria atirar em alguém muito importante. Só para me despedir.

— Quem me dera você não gostasse tanto disso.

— Eu sou boa nisso. Todo mar precisa de tubarão. Todas as mortes que causei deixaram o mundo melhor.

— Mas não é esse o propósito, né? Quer dizer, você não está tão interessada assim em deixar o mundo melhor.
— Humm... não. Talvez não.
— E você não é sádica. Você não se empolga de ver outras pessoas sofrendo.
— Não necessariamente. — Ela desliza a mão pelas minhas costas. — Exceto você, claro.
— Muito engraçada. E para de sacudir minha bunda.
— Eu amo a sua bunda.
— Para você é fácil, com seu corpo que parece uma doninha bombada. Mas vai. Me lembra. Por que é que você se empolga tanto com assassinatos?
— Eu poderia te perguntar a mesma coisa.
— Como assim?
— Olha, querida, não quero ser a desgraçada a te contar, mas você também é assassina. Duplamente.
— Ah, bom, é, mas as duas vezes foram...
— Foram?
— Você sabe muito bem. Não tive escolha.
— E eu tive? Você acha mesmo que eu podia falar não, desculpa, Konstantin, não posso cumprir seu contrato. Tenho hora no salão Carita amanhã de manhã, depois vou almoçar no Arpège, e à tarde eu pretendia invadir o e-mail de Eve Polastri, me masturbar e comer um pacote de marrons-glacés Fauchon.
— Você fazia isso?
— O quê, comer um pacote inteiro de marrons-glacês de uma vez?
— Invadir meu e-mail e se masturbar?
— Tentei. Mas não tinha nada interessante. Nenhuma mensagem sensual. Nenhum nude.
— Por que eu faria nudes?
— Para eu encontrar, óbvio. Eu não ia tocar siririca com seu extrato bancário. Mas, voltando para você, *pupsik*. Você é muita coisa. Você já foi espiã, ainda que, para falar a verdade,

161

não tenha sido muito boa. Você já foi casada com aquele babaca do Niko. Você é minha amante atual.

— Atual?

— É. Significa de agora.

— Eu sei o que significa. É só meio... Não dava para dizer só amante?

Ela dá uma mordiscada na minha bochecha.

— Estou implicando. Mas é. Você é esperta, meio nerd, e bastante carente. Você é uma medrosa, mas também é estranhamente corajosa. Você é sexy e uma gracinha na cama, e é uma cozinheira muito, muito ruim.

— Como você sabe?

— Já olhei dentro da sua geladeira. Era uma tragédia.

— Algo mais?

— Sim, você não tem absolutamente nenhuma noção de moda.

— Valeu.

— O que quero dizer é o seguinte. Se eu tirasse isso tudo de você, se eu arrancasse todas essas camadas, uma de cada vez, você continuaria sendo você. Por baixo de tudo, está Eve. E você sabe isso sobre si mesma, você sabe exatamente quem é. Mas eu não tenho isso. Se tirar tudo o que eu fiz, e todas as pessoas que já fui ou fingi ser, todas as camadas, não sobra nada. Não tem Villanelle, nem Oxana, nenhuma identidade, só... — Ela fica em silêncio por um instante. — Você já viu aquele filme, *O homem invisível*? Não dava para vê-lo, mas dava para ver o efeito que ele produzia nas coisas e nas pessoas à sua volta. É assim como me sinto. Só sei que existe um eu, uma Oxana, porque vejo o rastro que ela deixa. Vejo o medo e o horror nos olhos das pessoas, e isso me mostra que ela existe, que eu existo. Konstantin entendia isso perfeitamente. Ele sabia que eu precisava fazer o mundo ecoar com a minha presença.

— E isso fazia você se sentir poderosa?

— Fazia eu me sentir viva. Aqueles assassinatos que cometi para Konstantin foram lindos. Planejados à perfeição, e executados à perfeição. Umas putas obras de arte, para ser sincera.

— E você quer mais uma dose dessa droga antes de largar tudo? Mais um tapinha? Uma última brisa?

— Talvez.

— Mas você não percebe? Se você precisa disso para se sentir viva, você nunca vai parar. Vai ter mais um assassinato, depois mais outro, e outro depois desse. Até alguém te matar.

— Eu vou parar, pode acreditar.

— Por que eu acreditaria?

— Porque matar para os Doze não é a única coisa que faz eu me sentir viva. Não mais.

— O que mais?

— Você, *pupsik*. Você faz. Você olha para mim com tanto carinho, com tanto amor. Pela primeira vez desde que eu era pequena, desde aquele passeio nas cavernas de gelo de Kungur, me sinto vista. Sinto que tem alguém embaixo de todas as mentiras. Uma Oxana de verdade. Uma eu de verdade.

— Mas é óbvio que meu amor por você não é suficiente, já que você ainda quer matar uma última vez.

Ela dá de ombros.

— Se for mesmo um filho da puta maligno e importante, eu não queria deixar o serviço para mais ninguém.

— E se não for ninguém maligno? E se for uma mulher?

— Nunca matei mulher.

— Quanta sororidade.

— Não falei que não mataria, só que nunca matei.

— A verdade é que a gente não tem nenhuma escolha. Quando for a hora, eles vão levar a gente até o posto de tiro, e aí ou a gente atira ou morre. Se eu tentar mandar uma mensagem para Tikhomirov, pelo menos a gente vai ter uma chance.

— O que você diria para ele? A gente não sabe de nada útil. Não sabe quem, nem onde, nem quando, nem por quê.

— Tem razão, a gente não sabe. A gente só sabe o alcance. E isso não serve de muita coisa.
— Você acha que Nobby e Ginge sabem qual é o alvo?
— Eles não precisam saber, então não, acho que não. São só velhos colegas de exército de Anton. E duvido também que ele soubesse.
— Falta muito pouco.
— Por que você diz isso?
— Porque eu sei como os Doze trabalham. Tudo é providenciado para que a gente não fique à toa. Dão tempo para a gente se preparar, mas não tempo demais, porque, quanto mais as pessoas ficarem esperando, maior a chance de acontecer algum problema de segurança. Eu chutaria que vai ser alguns dias depois de a gente sair daqui.
— Então não temos muito tempo.
— Não, *pupsik*, não temos. Então para de falar e vem cá.

10

O helicóptero chega para nos buscar ao meio-dia. A bordo estão os dois paramilitares dos Doze, ambos armados com pistolas. Eles pulam para a plataforma, conduzem uma busca detalhada por todo o complexo, acenam com um gesto apressado de cabeça para Nobby e Ginge e fazem a gente entrar no Super Puma. Quando subimos para o vento, dou uma olhada para baixo, com um medo súbito de que o corpo de Anton apareça de braços abertos, vindo à tona nas águas turbulentas. Mas não tem nada, nenhum cadáver acusador, só a silhueta cada vez menor de Nobby e Ginge na plataforma e a amplitude cinzenta do mar.

Em Ostend, os dois homens ficam bem em cima de nós, agilizando nossa passagem pela segurança e pela fiscalização de passaportes e nos levando pela pista até o Learjet abastecido que está à nossa espera. Aperto a mão de Oxana quando decolamos e não solto. Nosso destino, como imaginamos, é Moscou. O barulho das turbinas é pouco maior que um murmúrio discreto, mas estou nervosa demais para falar.

Oxana e eu somos completas opostas quando diante do perigo. Eu prevejo resultados terríveis e fico consumida de medo, enquanto o senso de ameaça iminente de Oxana é tão rasteiro que ela mal percebe. Enquanto seu corpo se prepara para agir, sua mente permanece calma. Deve ser igual para Charlie, que se recosta na poltrona, mascando chiclete que conseguiu com os soldados de alguma forma, e faz questão de nos ignorar.

— Você está bem? — pergunta Oxana.

Faço que sim. Tanta coisa para falar, e não posso falar nada.
— Está feliz de ter saído da Inglaterra comigo?
Encosto na bochecha dela.
— E eu lá tive escolha, por acaso?
— Sei o que é melhor para você, *pchelka*. Confia em mim, tá? Sei que teve aquela coisa com Charlie, mas é sério. Confia em mim.
— Agora fiquei preocupada. O que você sabe que eu não sei?
— Nada. Só falei por falar. Para o que quer que aconteça.
— Que merda, querida. Fala comigo.
— Não sei de nada, só falei por falar. Confia em mim. Confia na gente.
— Estou com muito medo.
— Eu sei, amor.

Com ou sem medo, sigo com meu plano. Depois do café na plataforma, arranquei escondida uma tira pequena de papel sem impressão do *Aves do mar do Norte* e colei no verso do meu passaporte com um pouquinho de mel. Agora, assim que decolamos, puxo o lápis que suei tanto para pegar e escrevo, começando a mensagem com o número de telefone que decorei e pedindo que a pessoa que lesse ligasse para lá urgentemente, que era questão de segurança estatal, e transmitisse o seguinte recado ao general Tikhomirov: *2 tiros, esta semana, alcance 700 m.*
Pouco antes de começarmos a descida em Moscou, um dos paramilitares recolhe nossos passaportes e os prende com um elástico. A gente voa em círculos acima da cidade pelo que parece uma eternidade, e, durante o pouso e o desembarque no Sheremetyevo, estou tão apavorada que quase vomito. Se o paramilitar examinar os passaportes, como é bem possível que faça, vai ser o fim. Se eu tiver sorte, vai ser uma bala na cabeça. Não quero pensar nas alternativas.

Quando entramos nos edifícios do aeroporto, somos conduzidas por um pequeno salão VIP de alfândega. Há dois agentes, usando uniformes verdes volumosos de inverno. Uma mulher mais velha com olhinhos miúdos cor de granito e um jovem careca cujo quepe de aba larga é grande demais para a sua cabeça.

Nosso acompanhante paramilitar pega nossos passaportes do bolso, tira o elástico e folheia as páginas do primeiro antes de entregar para a mulher, e sinto meus joelhos começarem a tremer. Acho que fiquei pálida, porque Oxana passa o braço em volta de mim e pergunta se estou bem. Faço que sim, e o outro cara dos Doze me olha desconfiado.

— Reação atrasada — gaguejo. — Voar. Fico muito nervosa.

— Dá todos para mim — ordena a mulher com olhos de granito.

O crachá dela a identifica como Lapotnikova, Inna. Ela pega os passaportes, abre o primeiro, levanta o rosto e chama Charlie ao balcão. Sou a segunda depois de Charlie. Vejo a srta. Lapotnikova folhear lentamente o documento falso e parar quando chega na folha com o recado. Ela o lê com o rosto inexpressivo e, devagar, olha para mim com uma sobrancelha erguida, intrigada. Faço um aceno imperceptível com a cabeça, e ela tira discretamente o recado e me devolve o passaporte. Ela então entrega os outros três passaportes para o colega e sai do salão sem pressa.

Por um instante, fico amolecida de alívio, até que me ocorre que talvez ela só tenha ido chamar os seguranças do aeroporto. Talvez ela ache que sou uma louca das teorias de conspiração. Seja como for, já era para mim. De repente, minhas roupas parecem quentes demais e sinto uma gota de suor escorrer pela coluna. Tento aparentar indiferença, mas Oxana aperta minha mão.

— Relaxa — murmura ela. — Parece que você está tentando não cagar.

Lapotnikova volta quando o agente alfandegário de quepe grande está devolvendo o último passaporte. Ela me ignora e volta para a sua cadeira. Quero abraçá-la. Conseguimos. Já fiz tudo o que posso, e o resto é com Tikhomirov, embora eu não saiba se minha mensagem vai servir de alguma coisa para ele. Acho que não.

Eles nos levam de volta para Moscou no mesmo SUV, e agora quem dirige é um dos nossos guardas armados. O outro cara está no banco do carona com a pistola no colo, supostamente para evitar que a gente tente puxar do coldre. Estou no banco traseiro, como sempre, entre Oxana e Charlie. O simbolismo dessa disposição não passa despercebido por Charlie, que faz questão de ficar o trajeto inteiro olhando pela janela. Oxana, alegrinha com a perspectiva de entrar em ação, desliza os dedos por baixo do meu suéter e pela minha cintura, me cutucando e beliscando.

— Você sabe o que é "pneuzinho"? — sussurra ela.

Quando nos aproximamos do centro de Moscou, somos obrigadas a lidar com barreiras policiais, ruas fechadas e desvios.

— O que está acontecendo? — pergunto ao motorista, quando o trânsito para.

— Festas de réveillon — responde ele, irritado, manobrando o carro para dar meia-volta.

— Hoje já? — Perdi completamente a noção do tempo.

— Não. Depois de amanhã.

Eles nos deixam de novo no décimo segundo andar do arranha-céu cinzento e voltamos para nossos antigos quartos. Estou com medo, num sentido meio generalizado, mas o que mais sinto é muita, muita fome. Seja o que for acontecer amanhã, hoje dá para se animar com o jantar, seguido de uma noite em uma cama de casal com Oxana. Por enquanto, já está bom.

Abaixo de nós, conforme o sol vai embora, as luzes de Moscou se acendem. As decorações do Ano-Novo estão postas, e as ruas, as catedrais e os arranha-céus estão cobertos de ouro, prata e safira. Olhando pela janela, penso que seria maravilhoso poder explorar a cidade com Oxana, livre do medo, do horror e dos sonhos de morte, e mergulhar no brilho e na magia da coisa toda.

Durante o jantar, Richard nos questiona de perto acerca de Anton. Charlie fala mais que nós duas, explicando que o consenso é que ele tinha bebido até tarde e caído da plataforma.

— Você o conhecia melhor do que ninguém, Villanelle. Como você acha que ele estava?

— Ele estava do mesmo jeito de sempre. Nunca gostei muito dele, mas era profissional e administrava direito as coisas. Tudo era organizado, suprimentos, armas etc. E aí, um dia, ele simplesmente sumiu.

— Eve?

— O que posso dizer? Nunca suportei o sujeito, mas, como Oxana disse, ele cuidava bem de tudo. Eu só mantinha distância.

— Lara?

— Meu nome é Charlie. E, é. O que as outras falaram. Mas tenho certeza de que ele estava bebendo. Um dia eu estava fazendo café, de manhã, e ele chegou fedendo a álcool, como se estivesse exalando da pele. É óbvio que não falei nada para ele, mas...

— Você contou para algum dos instrutores?

— Eles não perguntaram. E, depois que ele desapareceu, não quis falar nada ruim dele para ninguém botar a culpa em mim. Mas é verdade.

Olho para Charlie, que está olhando para mim, não com ódio ou ciúme, mas com calma, como se quisesse dizer que a gente agora está quite, e faço um ligeiríssimo gesto com a cabeça. Richard se anima.

— Quem aceita um pouco de vinho? É o Château Pétrus.

— Ué, de novo? — diz Oxana.

Ele sorri.

— Precisamos comemorar sua volta. Cumprimentos da estação e tal. Creio que faça bastante frio nessa época do ano

naquele nosso refúgio do mar do Norte. — Ele enche nossas taças. — Boa sorte para vocês, meninas.
— E para mim também — diz Charlie.

O dia seguinte passa com uma lentidão sufocante. A gente não tem permissão para sair do décimo segundo andar, nem para fazer nada além de andar de um lado para o outro que nem animais de zoológico, respirando o ar reciclado do prédio. Não há nenhum livro, jornal, computador ou telefone. Oxana e eu ficamos temporariamente sem assunto, e passo a maior parte da tarde dormindo. Depois do jantar, Richard anuncia uma sessão de cinema, e a gente o acompanha até uma sala de projeção com uma das paredes quase toda coberta por um telão.

— O filme não é longo, e não tem som — diz ele, enquanto nos sentamos. — Mas é muito esclarecedor.

Não aparece nenhum título, só uma data e hora de gravação. Em seguida, uma imagem de grande angular sem som de um quarto de hotel, de uma câmera fixa muito provavelmente escondida. A qualidade do filme não é excelente, mas dá para ver claramente que é um lugar muito sofisticado, do tipo que cobra diária de milhares de dólares. A paleta de cores é de pergaminho e carvalho, as cortinas são de seda marfim e a iluminação é discreta. Dois homens de terno com copos de uísque estão sentados em poltronas na frente de uma lareira de mármore. Reconhecemos os dois imediatamente. Um é Valery Stechkin, o presidente da Rússia, e o outro é Ronald Loy, presidente dos Estados Unidos. Os dois têm o mesmo aspecto maquiado de cadáveres recém-embalsamados. Um terceiro homem, com o porte vigilante de um guarda-costas, está em pé junto de uma porta.

— Não são sósias? — pergunto a Richard.
— De forma alguma.

Stechkin e Loy se levantam, colocam os copos vazios na cornija da lareira e trocam um aperto de mãos. Loy então acom-

panha Stechkin até a porta. A cena corta e volta no mesmo ângulo com menos iluminação. A porta se abre, e entram três mulheres jovens. São todas loiras, de pernas compridas, e espetaculares de um jeito meio letárgico, chapado. Loy se recosta na poltrona, faz um gesto afirmativo com a cabeça e dá uma ordem. As mulheres se despem, penduram as roupas na poltrona vazia e começam a se beijar e a acariciar os seios umas das outras, revirando os olhos e fingindo gemer bastante.
— Anda logo — murmura Oxana.
Com o tempo, presenciamos o ménage completo. É bem desolador. Loy não participa, continua só sentado na poltrona, com uma expressão de desdém no rosto. Quando uma das mulheres experimenta balançar um cintaralho lustroso na frente de seu nariz, ele reage com irritação e afasta o negócio com um tapa de sua mãozinha de criança.
O filme corta para um quarto decorado com a mesma paleta de cores chiques e pretensiosas. A cama é imensa e coberta por uma colcha de tecido fino. As três mulheres aparecem em cena, seguidas por Loy. Ele as manda subir na cama, onde elas começam a pular aleatoriamente até pararem, se abaixarem e, todas juntas, urinarem no cobertor dourado.
Da cadeira, Loy fica observando as mulheres com olhos semicerrados, como se o ato de assistir fosse uma obrigação presidencial cansativa, porém essencial. No meio do processo, uma das mulheres perde o equilíbrio no salto alto, tomba para a frente e cai da cama em uma chuva de urina.
— O cabelo dela sujou todo — diz Charlie. — Eca.
— E estragou as botas de suede — acrescenta Oxana.
— Elas são bem bonitas. Ou eram.
— São Prada. Em Paris, eu tinha dois pares. Uma bege e outra antracito.
— Aquela garota da esquerda está mijando faz quase um minuto — diz Charlie. — Ela devia ir para o *Russia's Got Talent*.
Finalmente, o filme acaba para nossa alegria.

— Ah, pô — reclama Oxana. — Eu estava gostando.

As luzes se acendem, e Richard olha para mim, Oxana e Charlie.

— Villanelle, que bom que você gostou, mas o propósito não era te entreter. Esse vídeo curto causou um impacto maior sobre a história mundial do que qualquer acontecimento, debate ou ato político da última década. Com esse trunfo nas mãos, esse *kompromat*, Stechkin pôde controlar a Casa Branca à vontade. Não só controlá-la, mas obrigá-la a uma reversão de rumo catastrófica. Enquanto isso, a Federação Russa que ele governa como se fosse um imperador nos últimos anos de Roma está esclerosada e consumida por corrupção.

"Estou dizendo isso a vocês porque quero que tenham fé no que estamos tentando fazer. O mundo novo com que sonhamos não surgirá por nenhum processo democrático, esse sonho já morreu. Ele surgirá mediante ações decisivas, e vocês três serão as principais forças por trás dessa ação. Seus alvos são Ronald Loy e Valery Stechkin, os presidentes dos Estados Unidos e da Rússia. Eles vão morrer amanhã."

— E as garotas? — pergunta Charlie.

— Que garotas?

— As garotas no filme.

— O que tem elas?

— A gente não tem que matar?

— Não, claro que não.

— Ufa.

— Então quando a gente vai fazer uma sessão de instruções de verdade? — pergunta Oxana. — Amanhã é muito em cima da hora. A gente precisa estudar os postos de tiro, preparar as armas e tal.

— Já está tudo verificado e pronto. Vocês não precisam se preocupar. Vão ser levadas para os seus locais, onde encontrarão todos os itens necessários, e os detalhes de última hora serão comunicados in loco. Então durmam bem.

* * *

Sem surpreender ninguém, não consigo. Estou deitada de costas para Oxana, que está com o braço por cima de mim e com o rosto no meu cabelo, e tento vislumbrar um fiapo de esperança no que me aguarda.

— Sei que me escolheram para fazer parte disso aqui — digo a ela. — O problema é que, se tudo der errado, podem acabar apontando para mim e dizer que foi tudo um plano do MI6. Sou o álibi deles.

— Humm. E também é verdade que o único e melhor jeito de me conseguirem para essa missão era te conseguir também.

— Eu só queria que tivesse um jeito de a gente sair dessa.

— Não tem, *pupsik*. Mas não é você que vai apertar o gatilho.

— Eu sei. Só quero que a gente fique juntas. Não mortas ou presas para o resto da vida.

— A gente não morreu ainda.

— Ainda não.

O braço dela tensiona, e ela se aperta junto a mim.

— Confia em mim, *pchelka*.

— Eu confio. Te amo.

— Também te amo. Agora dorme.

De manhã, não a vejo quando acordo, nem suas roupas. Ando pelo corredor e olho em todos os quartos que estão com a porta destrancada, mas ela sumiu, e me sinto péssima. No café da manhã, estamos só Charlie e eu. Não falamos nada. Elu devora um monte de coisa. Eu engulo um pãozinho com geleia de groselha e um café.

Depois, ninguém vem nos buscar, embora os indivíduos anônimos de sempre permaneçam entrando e saindo das salas. Então ficamos no salão de jantar, olhando pelas janelas. Não nevou desde que a gente voltou para Moscou, e o céu é de um azul frio e severo. Do lado de fora do prédio, há estalactites de gelo formadas nos beirais.

— A gente devia preparar nossos equipamentos de frio — diz Charlie. — Blusas térmicas, luvas, gorros, essas coisas. Talvez a gente precise esperar horas no posto de tiro.

Elu tem razão. Reúno as roupas quentes que me forneceram e deixo todo o resto no quarto. Não tenho a menor ilusão de que vou voltar para cá. Passam-se horas, o almoço é servido e retirado. Sinto uma apreensão nauseante, mas o apetite de Charlie é inabalável.

Depois, elu cruza os braços e olha para mim.

— Você matou Anton, não foi?

— Que porra é essa, Charlie?

— Eu o conhecia muito melhor do que você, e ele não era de beber. Ele odiava a ideia de perder o controle.

Balanço a cabeça.

— Desculpa, mas isso é loucura. Quer dizer, fala sério, por que eu mataria? E, principalmente, como?

— Não sei como. Mas vou dizer o que é loucura. Aquela história dele bebendo meia garrafa de brandy e caindo da plataforma? De jeito nenhum que ele deixaria isso acontecer.

— Olha, não sei o que aconteceu com ele, tá? Fim de papo.

Charlie sorri.

— Não vou falar nada, Eve. Mas só queria que você soubesse que eu sei. Tudo bem?

— Que seja, Charlie.

11

Eles vêm nos buscar no fim da tarde, quando a luz está começando a ir embora. São Richard, trajando um inusitado sobretudo do exército russo, um sujeito jovem de expressão rígida com uma metralhadora pendurada por cima do casaco de couro e um homem mais velho com um casaco amassado e o que parece um capacete de mineração.

Richard nos cumprimenta e apresenta os companheiros como Tolya e Gennadi.

— Tudo pronto? — pergunta ele, e Charlie e eu indicamos que sim. Com a boca seca de apreensão, eu os acompanho até o fim do corredor, onde Richard digita a senha de saída da porta e chama o elevador. Descemos em silêncio até o porão, dois níveis abaixo do térreo, e saímos para uma escuridão fria. Richard toca em um interruptor e ilumina a caverna do Aladim: um depósito poeirento, com cheiro de mofo e cheio de caixotes, peças de geradores, materiais de construção, escadas, geladeiras enferrujadas e baús de viagem, e no meio de tudo dá para ouvir claramente o som de ratos correndo.

Atravessamos essa bagunça com Richard até chegarmos a uma porta de aço instalada em uma coluna central. Ele inclina a cabeça em direção a uma câmera alta, espera o programa de reconhecimento facial rodar e empurra a porta pesada para abrir. À nossa frente, uma escada espiral desce para a escuridão. Com um clique, uma série de lâmpadas fluorescentes ganha vida. Richard e Gennadi vão na frente, Charlie e eu os seguimos, e Tolya vem por último. Uma corrente de ar frio e sulfuroso sobe das profundezas e fica mais intensa conforme a gente desce, e fico feliz de estar com roupas térmicas e equipamento para clima frio.

Por fim, chegamos a um piso de concreto. Richard tira uma lanterna do bolso, e Gennadi coloca o capacete na cabeça e acende a luz. Nós os seguimos para um túnel escuro, e as luzes revelam paredes de tijolo úmidas e uma passarela de ferro. Por baixo da passarela, ouvimos o som de água corrente. O lugar é fétido e sinistro pra caralho.

— Onde a gente está? — sussurro.

— As pessoas chamam de mundo invertido — diz Richard. — Essa água que você está ouvindo é o rio Neglinka, desviado para o subterrâneo no século XVIII. Tem toda uma rede de túneis, esgotos e cursos d'água aqui embaixo. Nos velhos tempos, tinha também postos de escuta da KGB. Gennadi trabalhava em um. Ele é um dos poucos *kroty*, toupeiras, que ainda existem e sabem se deslocar por essa rede.

— Se você se perdesse aqui, nunca mais seria encontrada — diz Gennadi, iluminando com a lanterna do capacete um punhado de cogumelos cinzentos que estão crescendo nos tijolos. — Já vi esqueletos aqui embaixo. A maioria é do tempo de Stálin. Dá para saber por causa do buraco atrás do crânio.

— Jesus Cristo.

— Jesus nunca veio aqui embaixo — diz Gennadi, com um tom sinistro.

O túnel de tijolos chega a um fim abrupto, e saímos para uma câmara sustentada por arcos de tijolos pálidos e iluminada por fios suspensos com lâmpadas elétricas de baixa potência. Passarelas de ferro percorrem toda a extensão da câmara e transpõem um canal profundo por onde corre a água do rio. Com espanto, vejo homens e mulheres andando nas sombras escuras junto às paredes.

— Quem são eles? — pergunto a Gennadi, e ele dá de ombros.

— Drogados, ex-presidiários, ermitões... Alguns passam meses inteiros morando aqui embaixo.

O grupo tem umas vinte pessoas. Vultos pálidos, de idade indefinida, vestidos com uniformes e casacos esfarrapados, que olham para nós com indiferença à medida que nos aproximamos. Uma mulher jovem e magra de aspecto esquálido aponta o dedo para mim em gesto de acusação e mexe a boca em uma expressão silenciosa de raiva. Fico chocada de ver gente morando em um lugar assim, mas Charlie parece não se abalar. Talvez quem cumpre pena em uma prisão como Butyrka não se espante com mais nada.

Seguimos o feixe de luz do capacete de Gennadi pela passarela estreita ao lado do canal do rio. Estalactites reluzentes pendem do teto arqueado de tijolos. De vez em quando, gotas d'água caem delas para a superfície do rio, e o som do impacto ecoa no silêncio. Continuamos por dez minutos, talvez mais, e começo a reparar em um som distante de água em movimento. Esse barulho vai crescendo gradualmente até que chegamos a uma barragem, onde o rio cai pela borda do canal até um lago uns cinco metros abaixo.

— Certo, a parte difícil — diz Gennadi. — O túnel fica atrás da queda-d'água.

— Eu vou primeiro — diz Richard. — Já fiz isso antes.

Ele entrega a lanterna para Gennadi e começa a descer por uma escada de aço presa na face vertical da beirada em que estamos. Em qualquer outra circunstância, a imagem de uma figura importante do MI6 de sobretudo e gravata entrando em um rio subterrâneo seria digna de nota, mas já vi tanta coisa assustadora e estranha nos últimos dias que mal dou bola. Em seguida, Richard parece sumir.

Olho para Gennadi, e ele sorri.

— Sua vez agora. Você vai ver.

Nervosa, começo a descer os degraus frios e úmidos à luz da lanterna. Abaixo de mim, o rio se revolve e ruge. Gennadi então aponta o feixe da lanterna para trás da queda-d'água, e vejo um vão com espaço suficiente para passar. Do outro lado, vagamente visível na luz trêmula, há o interior de mais um túnel. Richard surge e estende o braço. Eu pego e, quando dou um passo mais para trás pulo em direção ao túnel, ele me puxa para dentro.

— Cacete — digo, no susto.
— Tudo bem? — pergunta Richard.
— Mais ou menos.

Quando os outros terminam a travessia em segurança, Richard se vira para uma porta um pouco mais à frente no túnel. Ela é protegida por uma senha numérica, que ele digita, cobrindo o teclado com o corpo. Quando a porta se abre, ele e Gennadi trocam um aperto de mãos.

— Vá em segurança — diz o toupeira, acenando para nós com a mão antes de voltar para trás da queda-d'água. Pouco depois, a luz de seu capacete some de vista.

Contudo, uma luz fraca se vê por trás da porta entreaberta. Estamos em uma passarela perto do topo de um poço cilíndrico imenso. Abaixo de nós, escadas descem pelo menos cem metros em uma série ziguezagueante. Richard não perde tempo e indica que devemos segui-lo. Descemos os degraus sem demora, passando por andares e mais andares, batendo com as botas nas grelhas de metal. Quanto mais descemos, mais sinistro o lugar fica. As paredes revestidas com placas de aço são cobertas por uma camada descascada de tinta vermelha antiferrugem, e a fiação parece ter décadas. A poeira revirada e as bitucas de cigarro amassadas sugerem que essas escadas foram usadas recentemente por outras pessoas, e depois de um tempo escutamos um zumbido fraco mais abaixo. Levamos uns dez minutos para chegar ao fim da escada, que dá em um átrio improvisado onde somos esperados por um guarda de uniforme, cujo distintivo alado o identifica como um agente do GUSP, o antigo 15º Diretorado da KGB. Meu lado fã de espionagem não deixa de ficar um pouquinho empolgado. Em Londres, a gente entendia o GUSP como o mais sigiloso dos serviços de segurança da Rússia. Não tínhamos a menor ideia do que eles faziam de fato.

Richard apresenta uma identificação, e o guarda gesticula com a cabeça para passarmos. Uma porta automática se abre à nossa frente e, de repente, o cheiro sulfuroso fica mais forte. Seguimos por um corredor até um cenário tão surreal que tanto eu quanto Charlie paramos de repente. Estamos na plataforma deserta de uma estação de metrô. Tanto à esquerda quanto à direita, os trilhos se estendem por túneis escuros. Na nossa frente, em uma parede recoberta de azulejos envernizados, vemos uma foice e um martelo de bronze com um metro de altura e uma placa esmaltada em que está escrito D6-EFREMOVA.

— O que é isto? — pergunto a Richard.

— Estação de Efremova — responde ele. — Parte da linha D-6 do metrô. Oficialmente, a D-6 não existe. Extraoficialmente, foi construída por Stálin para ligar o Kremlin a postos de comando subterrâneos da KGB, e para evacuar o Politburo e os generais de Moscou em caso de guerra nuclear. As operações nela continuaram em segredo desde então.

— Já ouvi boatos — diz Charlie, olhando à sua volta. — Todo mundo já ouviu. Mas achei que fosse só *dezinformatsiya*.

Richard sorri.

— É o que dizem. O melhor truque que o Diabo já fez foi convencer o mundo de que ele não existe. Isso é a KGB sem tirar nem pôr.

— E o que acontece agora? — pergunto a Tolya, que ainda não falou nem uma palavra sequer.

Em resposta, ele gesticula com a cabeça na direção de Richard.

— Muito simples — diz Richard. — Vamos esperar nosso trem.

Então ficamos ali, Richard vestido como estivesse indo trabalhar em um banco de investimentos londrino, Charlie e eu com nossos trajes pretos de inverno como se fôssemos esquiar em um resort dos Alpes, e Tolya com jeito de capanga da máfia.

— Então, se a linha D-6 é um recurso secreto do governo russo, como você e os Doze têm acesso?

Richard franze o cenho, pensativo.

— Eve, tem coisas que não estou autorizado a explicar. Digamos apenas que... é complicado.

Ele é poupado de dar mais detalhes quando o trem chega. É um vagão só, nitidamente com muitas décadas de idade, e com uma locomotiva elétrica de cada lado. Nós entramos. O lado de dentro é funcional, mas desgastado, com uma única lâmpada trêmula, acolchoamento esfarrapado e janelas pálidas cobertas parcialmente por cortinas. Nos sentamos e as portas se fecham com um chiado hidráulico fraco, e o trem adentra a escuridão e se afasta da plataforma.

— Lembrem-se dessa viagem — diz Richard para mim e para Charlie, sob o olhar silencioso de Tolya. — Ninguém acreditaria se vocês dissessem que andaram no trilho profundo. Eles achariam que vocês enlouqueceram, ou que estão mentindo.

Logo passamos por mais uma estação — vejo de relance um letreiro escrito D6-VOLKHONKA pelo vidro sujo —, mas o trem só para quando chegamos à D6-CENTRAL. O trajeto todo levou menos de dez minutos. Ao desembarcarmos, para minha infelicidade, saímos para um átrio muito parecido com o de Efremova, só que agora há meia dúzia de agentes do GUSP de guarda na estação vazia. Em vez das escadas de Efremova, uma sequência de escadas rolantes sobe entre as paredes de aço do poço. Levamos alguns minutos para chegar ao andar mais alto, onde entramos em um corredor poeirento e cheio de sujeira com saída para outros corredores menores.

Richard nos leva até o mais distante desses, que está identificado com um letreiro de NIKOLSKAYA. Há um interruptor na parede de concreto, mas ele o ignora, preferindo usar o raio fraco de sua lanterna. Sinto uma brisa fria e os batimentos do meu coração.

O corredor segue por uma reta contínua. Há vidro quebrado e poças de água escura no chão. A certa altura, a luz da lanterna alcança um par de olhos brilhantes, e um gato sai correndo das sombras. Por fim, o corredor termina de repente. Há uma escada de alumínio apoiada na parede, que Tolya levanta e usa para subir e empurrar um alçapão de aço no teto.

— É aqui que nos despedimos, boa sorte e boa caçada — diz Richard para nós. — Tolya, você sabe o que fazer.

Tolya faz que sim e, sem esforço, sobe para a escuridão. Charlie vai atrás. Subo a escada, apoio os cotovelos na abertura e, com a ajuda de Tolya, consigo me erguer para um piso frio de pedra, onde fico caída por alguns minutos.

— Tudo bem? — sussurra Charlie, de modo até gentil.
— Tudo. Valeu.

Tolya espera alguns minutos para nossos olhos se acostumarem com a escuridão.

— Certo — diz ele, enfim, falando pela primeira vez. — Mais para cima.

Subimos em uma escuridão quase total. Estamos dentro de uma torre, que parece extremamente antiga e com cheiro de mofo. Uma escada estreita passa por três andares com piso de madeira e por janelas altas de estilo gótico onde vemos focos brilhantes de luz, até terminar em uma câmara octogonal pequena. As janelas são estreitas e cobertas por anos de sujeira, e alguns dos vidros menores estão quebrados ou ausentes, o que permite a entrada de ar gelado e o som de cantos e gritos.

Dou uma olhada para o lado de fora. A uns sessenta metros de nós, lá embaixo, se encontra a cintilante e luminosa praça Vermelha, cheia de gente comemorando o Ano-Novo. Do outro lado da praça fica a loja de departamentos GUM, com torres e torreões decorados com lâmpadas douradas, e em frente à loja, reluzente sob um conjunto de holofotes, há uma pista de patinação no gelo ao ar livre, onde patinadores rodopiam, acenam e, às vezes, colidem ao som de música pop que sai de alto-falantes. Em qualquer outra circunstância, essa cena festiva seria fascinante; hoje, é pavorosa. É como se eu estivesse vendo pela primeira vez o palco onde vou me apresentar como protagonista sem ter decorado nenhuma das minhas falas.

A linha D-6 de metrô, pelo que estou vendo, nos permitiu evitar várias barreiras de segurança e circuitos de câmeras e acessar, sem que ninguém visse, o interior do próprio Kremlin. Calculo que a gente deve estar em uma das torres históricas da face oriental. No chão, dentro de um estojo duro, estão o fuzil AX, a luneta Nightforce e um silenciador. Ao lado, uma caixa de balas .338 Lapua Magnum, uma luneta de espotagem Leupold dentro de uma *case*, dois headsets sem fio, uma garrafa térmica e uma caixa de plástico com sanduíches, uma barra de chocolate e pastilhas de cafeína.

Enquanto Charlie prepara o fuzil e eu me ocupo com a luneta de espotagem, Tolya liga um dos headsets, fala depressa e nos entrega os dois. Depois de dez segundos de estática, uma voz neutra e anônima pede que a gente se identifique como "Charlie" e "Eco". Obedecemos e recebemos a ordem de preparar o equipamento e avisar quando terminássemos. Tolya então nos deseja sorte e desce a escada estreita até o andar de baixo, para ficar de guarda. A garrafa contém café adoçado quente, e me sirvo uma xícara.

— Charlie a postos.

— Eco a postos.

— No seu local há oito janelas. De costas para a entrada, reparem na janela às onze horas. Vocês verão que dois dos vidros inferiores foram removidos. Apontem a mira telescópica e a luneta de espotagem para elas.

— Pronto.

— Pronto.

— Diante de vocês há um museu de tijolos vermelhos com torreões e telhados brancos. A partir da sua posição, tracem uma

linha imaginária até a borda do telhado mais alto. Considerem uma altura de aproximadamente um metro acima do telhado, descontando a profundidade da neve depositada. Digam quando tiverem feito isso.
— Pronto.
— Pronto.
— Continuem nessa linha por quatrocentos metros, entre os edifícios altos, e verão jardins ornamentais à sua direita. Do outro lado da estrada, sua linha atravessa o canto nordeste de uma praça com um chafariz circular no centro. Os últimos cem metros levam vocês até a porta de um prédio com oito colunas na frente de três portas duplas de entrada. Estão vendo?
— Sim, Eco vê.
— Charlie vê.
— Eco, diga sua distância até a coluna central.
— Setecentos e treze vírgula cinquenta e três.
— Charlie, confirme.
— Confirmado.
— Eco, como está a visibilidade?
— Excelente.
— Vento cruzado?
— Negativo.
— Muito bem. Agora são seis e nove. Às sete e meia, o carro que trará os dois alvos descerá pela rua de mão única ao longo do lado oriental do teatro. Vocês receberão o aviso da aproximação. O veículo vai parar perto da coluna oriental, e os alvos sairão do carro e passarão por trás das colunas para entrar na primeira porta ou na do meio. Seu alvo é o russo. Repito, seu alvo é o russo. Haverá guarda-costas e outros com o grupo, então é fundamental que a identificação seja correta. Vocês terão, no máximo, quinze segundos para identificar e eliminar seu alvo. Um tiro, uma baixa. Entendido?
— Entendido Eco.
— Entendido Charlie.

— Ótimo. Mantenham este canal aberto. Permaneçam no posto de tiro. Permaneçam em silêncio e alertas. Entendam que sua posição pode ser visível a partir do solo.

— Você sabe que prédio é aquele? — pergunta Charlie. — O das colunas?

— Um teatro?

— *O* teatro. É o Bolshoi.

O tempo esfria, e esfria mais ainda. Terminamos o café, e Charlie toma uma pastilha de cafeína.

— Que bom que pegamos Stechkin.

— Por quê? — pergunto.

— Porque ele é mais baixo que Loy. Eles me deram o alvo mais difícil.

— Então Loy ficou com Oxana?

— Óbvio.

Aos poucos, meus cotovelos e joelhos perdem toda a sensibilidade no chão.

— Estou desesperada para mijar — digo, depois de um tempo.

— Então mija — diz Charlie.

— Onde?

— Qualquer lugar. No chão?

— Vai escorrer entre as tábuas. Vai cair em Tolya.

— Na caixa dos sanduíches, então.

— Não tem espaço.

— Tem se você tirar os sanduíches.

— Tá, não olha.

— Puta merda, Eve. Até parece que eu quero ver.

Quando termino, Charlie já acabou de comer todos os sanduíches e metade da barra de chocolate.

— Porra! — digo, fechando meu zíper.

— Prevenção. Quando chegar a hora, não quero que você fique se revirando e falando que precisa cagar.

— Vai à merda, Charlie, você é egoísta. E se você precisar cagar?

— Autocontrole. Na Rússia a gente não tem essa cultura de gratificação instantânea. Termina o chocolate, Eve.

— Muito obrigada.

— Foi um prazer. — Charlie se vira para mim e dá um sorriso desagradável. — Você só tá puta porque peguei sua mulher.

— Isso é passado, Charlie. Agora a gente tem um trabalho para fazer.

Falo com uma voz firme, mas o medo revira minhas entranhas. Já desisti de achar que vai ter alguma intervenção por parte de Tikhomirov, ou alguma forma de impedir isso. O processo já começou. Agora só quero saber de fazer o que temos que fazer e ir embora rápido.

Ao olhar para fora, percebo que não vai ser fácil. Tem mais gente chegando a cada minuto, gritando, brincando e cantando. Daqui a uma hora, a praça Vermelha vai estar lotada. De vez em quando, uma bola de neve traça um arco molhado por cima da multidão e é recebida com gritos e risadas. De mais longe, escuto o som irregular de vivas, o estampido de fogos de artifício e a pulsação grave do último sucesso de Dima Bilan.

— Você sabe qual é o plano pra gente sair daqui? — pergunto a Charlie.

— Tolya vai levar a gente.

— Então você sabe como voltar para o prédio onde a gente se hospedou?

— Sei.

— Charlie, fala comigo. Qual é o plano de fuga?

— Tolya sabe. Agora preciso que você faça o seu trabalho e confira o vento cruzado.

Eu me aproximo lentamente da janela da direita sem o vidro, tomo cuidado para que eu e meu hálito não sejam visíveis a partir do chão e olho nossa linha de tiro. A bala Lapua vai passar por cima do telhado do museu em um ângulo descendente, evitar por menos de meio metro a neve acumulada, voar entre dois edifícios monumentais do século XIX, transpor duas praças e jardins ornamentais e atingir o alvo na colunata do Bolshoi. Pela luneta Leupold, vejo pessoas se enfileirando para passar pelas portas do teatro e entrar no hall, a quase um quilômetro de distância. A luneta é tão boa, e o ar noturno está tão frio e límpido, que consigo enxergar a expressão no rosto delas. Consigo até ler os cartazes que anunciam o espetáculo da noite. *Schelkunchik. O Quebra-nozes.* Abaixo a luneta, e tudo volta a ficar em miniatura, e o Bolshoi se transforma em uma distante caixa de fósforos.

Às sete e quinze, nosso controlador volta a falar.

— Alvos a caminho, a dez minutos do destino. Eco, Charlie, aguardem.

— Aguardando.

Charlie carrega a arma, com um clique praticamente inaudível do ferrolho do AX, e se acomoda, enquanto miro depressa a luneta Leupold para arbustos cobertos de neve a quinhentos metros de distância. Não há um tremor sequer, nenhuma folha farfalhante. As condições são perfeitas, sem vento.

Tento acalmar o coração. Inspira, conta até quatro. Expira, conta até quatro. Inspira... não está funcionando. Meu coração martela contra as costelas, minha boca está seca, e meu pescoço dói de tanto olhar pela Leupold. Observo a área do alvo. As pessoas foram afastadas da calçada na frente do teatro. As portas da esquerda e da direita foram fechadas. Uma delegação de três homens e uma mulher espera junto à porta do meio.

— Confirma para mim a distância para um tiro na cabeça bem onde fica aquela porta do meio? — pede Charlie.

— Setecentos e catorze vírgula nove.

— Alvos se aproximam. Dois minutos para o destino.

Sinto Charlie se acomodando na arma, apoiando a coronha no ombro, o rosto no suporte e o olho na luneta. Escuto sua respiração lenta e controlada pelo headset.

— O carro parou. Preparem-se para executar.

Stechkin sai primeiro e para ao lado da porta do carro por um segundo enquanto Loy sai também. Em seguida, os dois são cercados por guarda-costas conforme se aproximam da entrada e sobem os degraus laterais.

— Espera até chegarem à porta — digo para Charlie. — Eles vão parar para apertar as mãos.

Por trás das colunas, o grupo avança rápido. Pela luneta, capto vislumbres de Stechkin, com seu porte assimétrico de pistoleiro, e o tufo loiro implausível do cabelo de Loy. Ao se aproximarem da delegação junto à porta, os dois param. O perfil de Stechkin está perfeitamente visível.

— Manda — murmuro, com a voz estranhamente calma, mas Stechkin some de vista. Debaixo de nós, um pouco abafado pelo headset, vem um som de fogos de artifício, e então pés pisando na escada. Fico paralisada, Charlie se vira, e uma rajada de arma automática atinge seu peito. Atrás de nós, apontando armas, há três homens com uniforme tático do FSB. De trás deles sai uma quarta pessoa, uma silhueta obviamente feminina, com casaco impermeável e máscara preta. Ao se aproximar de Charlie, que está agonizando e engasgando em uma poça crescente de sangue, ela tira a máscara e saca a pistola Makarov.

— Esta é por Kristina, sua vaca — diz ela, dando um único tiro entre os olhos de Charlie. Ela observa enquanto elu morre e então se vira para mim, com um olhar sombrio. — Eve.

— Dasha.

Os três homens do FSB me ajudam a me levantar. Estou tremendo tanto que mal consigo ficar em pé, e, quando Vadim Tikhomirov entra no espaço octogonal apertado, eu me limito a olhar para ele.

— Morreu? — pergunta Tikhomirov a Dasha, indicando Charlie, e ela faz que sim. — Então estamos quites — diz ele.

— Estamos quites — responde Dasha, abrindo o zíper do casaco, guardando a arma no coldre e me dando um sorriso tenso e fraco. — Obrigada a todos, e adeus.

Tikhomirov inclina a cabeça.

— Adeus, srta. Kvariani.

Enquanto ela sai, o celular de Tikhomirov toca. Ele ouve por um minuto, murmura algo inaudível e balança a cabeça.

— Cadê Vorontsova? — pergunta ele para mim.

— Não sei.

— Achamos que tínhamos deduzido qual era o segundo posto de tiro. Mandei uma equipe para lá, mas não tem ninguém.

Ela está viva, digo para mim mesma. *Ela está viva.*

— A boa notícia é que Loy e Stechkin entraram no teatro em segurança — continua ele.

— Como você sabia que eles eram os alvos dos Doze? — pergunto.

— Só podiam ser. Eu soube assim que recebi seu aviso. Obrigado, aliás. Você foi corajosa e genial, e eu não poderia ter pedido mais. — Ele estende a mão, e, ciente do corpo miserável e ensanguentado de Charlie no chão diante de nós, eu aperto.

— E agora, enquanto meus homens limpam este lugar, é melhor eu te levar para um lugar seguro.

Desço a escada com ele e passo pelo corpo sem vida de Tolya. Quando chegamos ao térreo, ele abre uma porta para mim e, franzindo a testa, volta a fechar.

— Digamos, só a título de hipótese, que não haja um segundo posto de tiro. Que a ideia toda de duas equipes de franco-atiradores é, e sempre foi, um engodo. Uma distração, fornecida a você diante da possibilidade de que você fosse infiltrada do FSB. E aí?

Tento organizar meus pensamentos dispersos e estarrecidos.

— Acho que duas coisas. A primeira é que sua intervenção aqui provou que era verdade, que eu era uma informante, e a segunda...

— Continue, Eve.

— A segunda é que...

Ele engrossa a voz.

— Diga.

Eu sussurro:

— Que o ataque de verdade vai acontecer em outro lugar.

— Exato. E só existe um lugar onde é provável que aconteça. Onde as possíveis vítimas estão. O Teatro Bolshoi.

Ele pega no meu pulso e me leva, mais ou menos à força, por um acesso escuro arqueado, e dali saímos por uma porta cravejada enorme que dá na praça Vermelha. Está completamente lotada, e o brilho das luzes, o estrondo de música pop e o cheiro pungente de fogos de artifício me envolvem em um instante. Tikhomirov me arrasta pela multidão até passarmos por um conjunto de barreiras de trânsito, onde uma SUV preta com o logo do FSB está esperando. Dima, o assistente dele, está atrás do volante.

— *Teatralnaya* — diz Tikhomirov. — Rápido.

12

Até com as sirenes berrando, e com uma direção bastante agressiva por parte de Dima, levamos quase dez minutos para chegar à frente do teatro. As portas estão fechadas, e no saguão suntuoso o único som é o das conversas a meia-voz entre os funcionários, que nos cercam solícitos quando entramos e recuam respeitosamente quando Tikhomirov se identifica. Ele dá um telefonema e, trinta segundos depois, dois agentes do FSB aparecem descendo às pressas pela escadaria central, prestam continência e garantem que está tudo bem, e que foram tomadas todas as devidas medidas de segurança. Tikhomirov não se convence e chama um dos gerentes do teatro para nos levar até o auditório.

Somos conduzidos por um lance curto de escada até um corredor em U com portas numeradas.

— Estes são os camarotes inferiores — explica o gerente, abrindo a porta mais distante. — E este camarote fica sempre reservado. Vocês podem usá-lo durante todo o espetáculo.

Ele se afasta, com a subserviência de um cortesão, e olho à minha volta. O camarote é minúsculo e tem estofamento escarlate. A música de Tchaikóvski irrompe do fosso da orquestra, enquanto no palco se desenrola uma festa natalina, com bailarinos vestidos em trajes vitorianos. É tudo tão cativante que, por um instante, esqueço por que estamos aqui.

Ao meu lado, sinto Tikhomirov relaxar. Na outra face do palco, em um camarote maior e muito mais grandioso, todo de-

corado com cortinas de veludo e franjas douradas, estão Stechkin e Loy. Stechkin parece inescrutável, Loy parece dormir.
— Espere aqui — sussurra Tikhomirov. — Sente-se.
Ele volta dois minutos depois.
— Está tudo bem. Tem dois agentes armados na porta do camarote presidencial. Ninguém vai poder entrar.
Faço um gesto afirmativo com a cabeça. Estou arrasada. Eu adoraria fechar os olhos e me afogar na música, mas uma parte minha está se perguntando, e certamente Tikhomirov também, onde está Oxana. Se Charlie e eu éramos a distração, qual era o plano?

O primeiro ato termina, a cortina se fecha, e as luzes do teatro se acendem. À nossa frente, Stechkin se levanta e conduz Loy para um lugar fora de vista.

— Tem uma sala particular anexa ao camarote presidencial — diz Tikhomirov. — Eles não vão ser perturbados lá.
— Com certeza eles têm muito assunto para conversar.
Ele revira os olhos e dá um sorriso cansado.
— Nem me fale.

Continuamos sentados. Tikhomirov mantém contato com seus agentes pelo telefone, mas eles não têm nada a comunicar. Ele começa a bater o pé no chão e, depois de um tempo, se levanta.

— Vamos caminhar?
— Pode ser.

Saímos do camarote e seguimos pelo corredor longo e curvo. Avançamos devagar; a passagem é estreita e está cheia de gente, e algumas das pessoas são idosas. Na metade da curva, encontramos o gerente do teatro, que está conversando com um tom irritado pelo telefone.

— Algum problema? — pergunta Tikhomirov.
— Nada fora do normal. Uma mulher se trancou em uma cabine do banheiro e desmaiou, aparentemente bêbada.
— Onde?
— No banheiro feminino, no andar de baixo.

— Leve-nos até lá, por favor. Rápido.

Ansioso para atender, o gerente nos conduz até o saguão, onde uma funcionária de aspecto esgotado nos espera.

— Mostre — diz Tikhomirov.

O banheiro está cheio de mulheres, mas Tikhomirov avança sem a menor cerimônia. Uma campainha soa pelo sistema de alto-falantes do teatro, e uma voz anuncia que a cortina vai se abrir para o Ato 2 de *O Quebra-nozes* daqui a cinco minutos. Quando chegamos à cabine trancada, Tikhomirov apoia o ombro largo na porta e quebra a trava. Do lado de dentro, uma mulher jovem está caída no chão. Ela parece rica, com traços delicados, pouca ou nenhuma maquiagem, e um corte de cabelo caro. Enquanto o gerente e eu olhamos por trás, Tikhomirov aproxima o nariz da boca da mulher e puxa uma das pálpebras dela. O alto-falante apita a campainha de três minutos.

— Bom, ela não está bêbada, e isso não é overdose. — Ele vasculha os bolsos da mulher. — Além do mais, ela não tem bolsa, dinheiro nem documentos de identidade. Você a reconhece?

— Não — respondo, com sinceridade. — Nunca vi essa mulher na vida.

O que não falo para Tikhomirov é que as roupas dela, a calça jeans, o suéter cinza e a jaqueta Moncler de estampa camuflada cinza e preta, são idênticas às que Oxana estava usando quando saiu do edifício hoje cedo. Tomara que eu não pareça tão enjoada e tonta quanto estou me sentindo.

A campainha de um minuto toca, e Tikhomirov franze a testa.

— O que foi que você me falou agora há pouco?
— Quando?
— Há dez minutos. Sobre Stechkin e Loy.
— Que eles... tinham muito assunto para conversar?
— Isso. *Isso!* — Ele se levanta, ignorando a mulher desacordada e o gerente, e corre para a saída, me arrastando junto.
— Vem, Eve. Corre.

A gente atravessa o saguão dourado, sobe a escada, passa por lanterninhas e vendedores do cronograma do teatro e volta para o corredor dos camarotes. Já está quase vazio; todos os espectadores foram se sentar para o Ato 2. Na extremidade direita do corredor, dois agentes corpulentos do FSB se encontram diante da porta para a antessala e o camarote presidencial. Os dois prestam continência quando veem Tikhomirov.

— Não entrou ninguém, general — diz um deles. — Ninguém mesmo.

— Não importa — retruca Tikhomirov. — Alguém saiu?

— Só a intérprete, senhor.

— Minha nossa. Abram as portas.

Nós quatro entramos na antessala em um rompante. A decoração é de um escarlate bem vivo, com teto forrado de seda. Há uma mesinha com garrafas abertas de champanhe e uísque de malte e três cadeiras com estofamento de seda. Duas dessas estão vazias, e a terceira é ocupada pelo corpo sentado de Valery Stechkin. Ele está morto, com o pescoço torcido de lado em uma posição artificial e a boca aberta em uma imitação horrível de prazer. Já o corpo do presidente americano foi posto em posição ajoelhada na frente do colega russo. O pescoço de Loy também está quebrado, e sua cabeça foi apoiada, virada para baixo, na virilha de Stechkin. Nós quatro ficamos uns bons segundos olhando, incrédulos, para a última e melhor obra da artista antes conhecida como Villanelle.

— Encontrem ela — sussurra Tikhomirov para os dois homens. — Encontrem a porra da intérprete.

Ele fecha a porta dos presidentes mortos, pega o celular e começa a dar ordens. Outros agentes do FSB chegam correndo e são enviados para pontos diversos do edifício. Alguns minutos depois, Tikhomirov abaixa o telefone e me encara.

— Eve, você precisa ir embora. Vai até Dima. Ele está no carro lá fora. Ele vai te levar para um lugar seguro. Anda.

Parece que estou no meio de um sonho, ou pesadelo. O corredor parece se estender para sempre, e meus passos não fazem nenhum ruído no carpete vermelho. Quando saio para o mezanino, a orquestra está tocando "A valsa dos flocos de neve". Meus pais tinham um disco velho arranhado de *O Quebra-nozes*.

De repente, uma gritaria, e seis homens do FSB saem de repente para o saguão vindo do fosso da orquestra. No meio deles, debatendo-se e esperneando, há um vulto feminino de terninho escuro. É Oxana, e ela está lutando com tudo de si. A coronha de um fuzil acerta sua cabeça, mas ela continua lutando, com sangue no rosto, dentes à mostra feito um animal, e com uma revirada furiosa do corpo ela consegue se desvencilhar do paletó do terninho que dois dos homens estão segurando e sai correndo para a porta principal. Ela sai e desce correndo os degraus em direção à praça. Com muita calma, um dos homens do FSB entra pela porta aberta, ergue o fuzil, mira e dispara uma rajada. As balas atingem Oxana entre os ombros, fazem pontos vermelhos na camisa branca, levantam-na por um instante e a jogam de cara na neve molhada. Tento correr para ela, já gritando, mas meus pés não me levam, mãos me seguram, e só o que vejo é a flor escura de seu sangue desabrochar.

Minha lembrança dos acontecimentos seguintes é fragmentada. Lembro que fui carregada até um veículo por homens armados, e que dirigiram rápido pela cidade. Lembro que estava muito frio quando chegamos ao nosso destino, e que fui levada às pressas por um pátio e por um lance de escada até um quarto pequeno com uma cama de ferro. Lembro de abrir mão. De, finalmente, me submeter à certeza de que estou desmoronando.

Não é só por causa de Oxana, embora sempre vá ser por causa de Oxana. É por tudo que vi e fiz. Eu a acompanhei para o *mir teney*, o mundo das sombras, sem saber que não seria capaz de sobreviver lá, que, ao contrário dela, eu não podia respirar aquele ar tóxico. Lembro, muito claramente, da sensação de ir embora com ela na Ducati cinza-vulcão. De me encaixar nas costas dela, de segurá-la com força enquanto corríamos noite adentro. Eu nunca tinha encontrado ninguém tão perigosa, nem tão letal e imprudente, mas ela era a única pessoa no mundo com quem eu me sentia segura. E, agora que ela se foi, não sobrou nada de mim.

    Ah, meu amor. Minha Villanelle.

    Quando finalmente começo a chorar, não paro mais.

13

Uma hora após o nascer do sol, Dima, o assistente de Tikhomirov, me traz uma bandeja com comida e café. Ele não fala, só se movimenta com gestos silenciosos e rápidos. Olhando pela janela, reconheço o pátio lá embaixo e me dou conta de que estou dentro do complexo Lubyanka, a sede do FSB. A porta do meu quarto fica destrancada; do lado de fora há um corredor com um banheiro, e uma escada que desce, mas não vou além do banheiro. Passo o dia encolhida na cama, olhando para os telhados e a neve que cai. Mais tarde, um homem com trajes civis chega e me dá uma injeção, e depois disso durmo profundamente. No segundo dia, uma médica vem, pede para eu tirar a roupa e me examina. Passo mais um dia na cama, cansada e entorpecida demais para pensar. À noite recebo mais uma injeção e mergulho placidamente na inconsciência.

Na manhã seguinte, Dima traz meu café da manhã e fica parado na porta, de braços cruzados, enquanto como e bebo.

— Você vai fazer uma viagem — diz ele. — Para Perm, a mil e quinhentos quilômetros daqui. Vão ser dois dias de estrada.

— Por quê? — pergunto. — E por que Perm?

— Você precisa sair de Moscou. É perigoso demais aqui, e você estará em segurança. Além do mais... — Ele me olha com ternura. — Achamos que você gostaria de ver a cidade onde a srta. Vorontsova cresceu.

Nunca me ocorreu algo assim, mas faço um gesto afirmativo distraído com a cabeça. Preciso ir para algum lugar, e Perm é uma opção tão válida quanto qualquer outra. Dima leva minha bandeja embora e volta pouco depois com uma mala e um casaco de inverno. A mala tem roupas novas, mas discretas, artigos de higiene e uma pasta de plástico com documentos.

Uma hora depois, estou sentada no banco do carona de um veículo 4×4 sem identificação, algum Lada, ao lado de um agente à paisana. Alexei, que é como ele se apresenta, não é de falar muito, mas irradia uma competência firme e tranquila. Enquanto conduz o Lada pelas ruas estreitas e sujas de neve ao leste da praça Lubyanka, ele conversa por viva-voz com uma mulher chamada Vika, avisando que vai passar quatro dias fora por causa do trabalho e pedindo para ela levar Archie ao veterinário se ele continuar mancando.

Vinte minutos depois, estamos em uma rodovia, seguindo na direção leste. Os limpadores do para-brisa deslizam de um lado para o outro, e uma paisagem coberta de neve corre à nossa volta, a visão é toda de uma imensidão cinza opaca e branca congelada.

— Música? — sugere Alexei, e ligo o rádio, que está sintonizado em uma estação de música clássica. Está tocando um concerto para violinos, um romantismo açucarado, que não é nem um pouco a minha praia, mas sinto as lágrimas escorrerem pelo rosto. Alexei finge não perceber.

— Glazunov — murmura ele, tirando um maço de cigarros do bolso da blusa e guardando no porta-luvas. — Gravação de Heifetz.

Quando o movimento acaba, enxugo os olhos, assoo o nariz em um lenço de papel e fungo alto.

— Desculpa — digo.

Ele olha para mim.

— Por favor. Não sei os detalhes, mas o general Tikhomirov falou que você fez algo valente para nós. Para a Rússia.

Sério? Que porra será que ele disse?

— Trabalho infiltrado é difícil — diz ele, acelerando para ultrapassar uma fileira de veículos lentos. — É estressante. A gente está em dívida com você.

— Obrigada — respondo. Parece mais sensato encerrar o assunto assim.

Carros quentes sempre me dão sono. Depois de um tempo, fecho os olhos e sonho com Oxana, surgindo na rua enevoada de Shanghai, com aquele olhar de serpente fixo em mim. Tento alcançá-la, mas as fustigadas da chuva de verão logo se transformam no choque de balas em nossa pele. Caímos no mar do Norte, e lá, suspensos na penumbra gelada, estão Charlie, Anton, Kris com o casaco de veludo, e Asmat Dzabrati, pelado e com lábios cinza. Todos ficam olhando a correnteza nos separar até que só nossos dedos estejam se encostando, e Oxana desaparece lentamente. Tento chamá-la, mas a água do mar invade minha boca, e acordo.

Alexei me fala que dormi por mais de três horas. Paramos em um posto de gasolina para comprar sanduíches, café e chocolate Milka. Alexei então enche o tanque do Lada com diesel, pega os cigarros no porta-luvas e me entrega uma Glock carregada.

— Cinco minutos, está bem?

— Tudo bem. Estou correndo perigo?

— Nem um pouco. Mas combinei de não deixar você desarmada e protegida enquanto não chegarmos em Perm.

— Entendi.

Guardo a Glock, vou mijar no banheiro imundo e congelado e penso em me matar, como fiz quando estava no apartamento de Dasha. Será que meu futuro vai ser assim? Ficar me mudando de um lado para outro, sem nunca me estabelecer, sem descansar, sem esquecer? À tarde, dirigimos por mais seis horas em uma fileira fumegante de caminhões e carros. Dos dois lados da rodovia, um horizonte interminável de planícies nevadas e florestas obscuras se desenrola sob um céu nublado. De vez em quando, passamos por pequenos povoados.

Alexei não parece tão disposto a falar de si quanto eu. Então ficamos escutando música, sobre o que ele aparentemente entende bastante. A cada obra que começa, ele me dá um resumo rápido. Seu compositor preferido, segundo ele, é Rachmaninoff, que salvou sua sanidade nos dias e noites após o cerco ao Teatro Dubrovka, sua primeira experiência em ação, onde morreram cento e trinta reféns.

Ele aponta para o porta-luvas, onde, em meio aos maços de cigarro embolados e carregadores extras da Glock, encontro uma caixa rachada de plástico com um CD do primeiro concerto para piano de Rachmaninoff. Enquanto a música toca, Alexei dá uma olhada em mim, como se quisesse ver se está produzindo o efeito certo. Talvez esteja, porque, embora eu ache a música complexa e tenha dificuldade para acompanhar os temas, o ato de escutá-la me ocupa a ponto de eu não pensar em mais nada. Ela não anestesia meu luto, mas o reconhece e organiza. Dá um lugar a ele.

A noite chega cedo, trazendo consigo um vento brusco que varre a paisagem nevada e lança rastros cristalinos na frente dos nossos faróis. Paramos para passar a noite em uma cidadezinha discreta no distrito de Svechinsky. Nosso albergue é um edifício térreo de blocos de concreto ligado a um posto de estrada. Os quartos têm um aspecto desagradável, mas Alexei diz que a comida da lanchonete 24 horas é boa. Tento comer, mas não consigo engolir. As lágrimas descem pelo meu nariz e caem no prato.

Alexei abaixa o garfo, me dá um guardanapo de papel e me conta de sua vida pessoal. Ele é divorciado e conheceu Vika alguns anos atrás, na comemoração de aniversário de outro agente. Vika trabalha na biblioteca da Universidade Estatal de Moscou. Ela também é divorciada, com um filho pequeno que adora futebol e que, segundo Alexei, "andou sem disciplina por tempo demais". Eles moram em um prédio perto da praça Lubyanka que é ocupado exclusivamente por agentes do FSB e suas famílias. Um vizinho leva Archie para passear durante o dia.

Escuto meio distraída, feliz por não ter que falar, e vou para o meu quarto sentindo o peso da Glock no bolso do casaco. Dentro do nécessaire, acho um frasco de comprimidos para dormir. Tomo um, subo na cama e fico ouvindo o ronco dos caminhões do lado de fora. É uma bênção a forma como o sono chega logo.

De manhã, saímos cedo e viajamos por mais nove horas. Hoje o céu está mais limpo, e o sol consegue atravessar a cobertura das nuvens, iluminando os campos nevados e os lagos revestidos de gelo. A paisagem começa a mudar à medida que nos aproximamos do *krai* de Perm. Estamos bem no interior da Rússia, e, conforme o brilho da neve se dispersa, os rios e as florestas são banhados por um suave brilho rosado.

O Hotel Azov é um estabelecimento minúsculo de uma estrela em uma transversal da Ulitsa Pushkina, no centro de Perm. Alexei estaciona na frente dele pouco depois das dez da noite, entra comigo, bate as botas para tirar a neve e conversa em um volume inaudível com o senhor da recepção.

Alexei me diz que meu quarto já está pago, e que alguém vai entrar em contato comigo em algum momento nos próximos dias. Ele enfia a mão no bolso do casaco e me entrega uma carteira com um maço de notas de dinheiro e um cartão de débito do Gazprombank. Provavelmente estou parecendo tão perdida quanto me sinto, pois Alexei me dá um abraço rápido e rígido, aperta minha mão e me deseja coragem. Ele então volta para o Lada, recua para a rua e vai embora.

Meu quarto é pequeno, com um carpete cor de fígado e uma única janela com vista para a rua. As cortinas finas deixam uma luz rala e difusa entrar. Há uma cama box coberta por uma manta de crochê, uma cômoda de madeira e um minibar que ronca tão alto que desligo dez minutos depois de entrar.

Na beirada da janela, atrás das cortinas, encontro um baralho de cartas de tarô. Imagino que tenha sido deixado por algum hóspede anterior. Não faço ideia do que as cartas devem significar, mas passo horas sentada na cama, virando-as uma a uma, contemplando as imagens estranhas e enigmáticas. O anjo na carta do julgamento parece Oxana. Eu sou a nove de espadas, apunhalada por todos os lados.

Esse quarto e as ruas cobertas de neve em volta do hotel se transformam no meu mundo. Durmo até tarde, almoço na lanchonete da rua e caminho até escurecer. No primeiro dia, vou até a Komsomolsky Prospekt. Gosto da luz e do calor das lojas de departamento, mas há algo nos grupos de famílias, com seus casacos, cachecóis e botas de neve, que me incomoda. Sinto que não tenho mais nada a ver com eles e procuro caminhos mais tranquilos pelo parque ao lado e pelo rio Kama.

O Café Skazka é escuro e fumacento, e o casal de meia-idade que o mantém é simpático, me recebe com um sorriso e com um aceno da mão quando entro e me deixam sozinha com meu chá. Na quinta manhã, a filha deles, que trabalha na lanchonete nos fins de semana, reabastece minha xícara e me oferece um exemplar do dia anterior do *Pravda*.

Não li nenhum jornal desde que cheguei a Perm e apertei o passo quando andei na frente de lojas e bares com televisão ligada, porque parece que todas mostravam imagens dos presidentes assassinados. Não estou pronta para me informar sobre isso, nem para ler sobre a morte de Oxana, mas Deus sabe que praticamente não consigo pensar em mais nada. Mesmo assim, aceito a oferta do jornal, comovida pela gentileza da intenção, e não consigo parar de ler depois que começo.

A matéria principal, que na prática é a única matéria, traz revelações de "fontes do governo" a respeito do "crime do século". Ela diz que uma organização anarquista transnacional planejou o assassinato dos presidentes dos Estados Unidos e da Rússia, e que agentes de segurança russos eliminaram os assassinos em dois tiroteios intensos. Há imagens explícitas das criminosas mortas. Oxana Vorontsova, "uma notória matadora de aluguel conhecida como Villanelle", é descrita como a líder da célula, e a foto a exibe deitada de costas na neve diante do Teatro Bolshoi de Moscou, com o rosto e o peito sujos de sangue, cercada por agentes armados do grupo antiterrorista Alpha, do FSB. Há uma pistola automática bem visível na mão direita dela. Uma fotografia com a legenda "Larissa Farmanyants, a segunda assassina", mostra o corpo de Charlie, destruído por tiros de metralhadora, ao lado de seu fuzil de precisão na janela da torre Nikolskaya do Kremlin, "à qual ela conseguira acesso de forma ilegal".

Em uma página interna, onde a reportagem continua, há uma foto da agência de notícias Tass, de sete anos atrás, mostrando atletas no pódio depós de uma competição de tiro ao alvo nos Jogos Universitários em Ekaterimburg. Farmanyants, com um aspecto melancólico, levou a medalha de bronze e Vorontsova, com um meio-sorriso, o ouro. Parecem muito jovens.

Segundo fontes oficiais do governo, o assassinato dos dois presidentes quase foi impedido por uma agente infiltrada do Serviço Secreto de Inteligência britânico, em colaboração com os serviços de segurança russos. A agente anônima havia penetrado o grupo, mas, tragicamente, não conseguiu transmitir aos contatos no FSB os detalhes do complô a tempo de impedir o crime. Não há detalhes sobre a identidade dessa pessoa nem sobre seu paradeiro atual.

A reportagem afirma que o FSB, sob a liderança do general Vadim Tikhomirov, tem travado uma guerra longa e secreta contra o terrorismo e a anarquia. "Com pessoas assim, não dá para fazer concessões, não dá para negociar", diz uma citação dele. "Nossa prioridade é, e sempre será, a segurança do povo da Rússia." Na fotografia junto do texto, ele parece sábio e confiável. Um pouco parecido com o ator George Clooney, mas com um olhar mais severo.

No sexto dia, às onze e meia da manhã, estou sentada na cama bagunçada, ainda sem roupa, virando as cartas de tarô, quando alguém bate à minha porta. Imagino que seja a faxineira, uma adolescente de cara assustada que se chama Irma e circula cheia de medo pelo hotel com um aspirador de pó velho, e peço para ela esperar um instante. Quando a batida soa de novo, recolho as cartas, me enrolo na manta de crochê e abro um pouquinho a porta.

Não é Irma, e sim o sr. Gribin, dono do hotel.

— Você tem visita — informa ele.

Passo uma água no rosto, me visto e desço a escada com desconfiança. Sentada no saguão, de costas para mim e olhando em direção à rua, há uma mulher de casaco escuro, com uma boina no cabelo. Ao me ouvir descer a escada, ela se vira. Tem uns quarenta anos, com um olhar suave e cansado. Está envolvida por um cheiro sutil de cigarro.

— Bom dia — diz ela, estendendo a mão para mim. — Sou Anna Leonova.

Fico olhando para ela.

— Eu era a professora de francês de Oxana — diz ela. Ela olha para Gribin, que continua pairando com um aspecto lúgubre.

Finalmente estendo a mão.

— Sim, eu sei quem você é.

— Eu estava pensando se talvez poderíamos conversar em algum lugar.

— Eu gostaria.

Fomos até o Café Skazka e pedimos chá. Conto para Anna que Oxana falava dela com afeição, mas também tristeza.

— Ela provavelmente foi a aluna mais talentosa que já tive — diz Anna. — O idioma fluía por ela. Era um talento instintivo. Mas por dentro ela era despedaçada. Terrivelmente despedaçada. Ela acabou fazendo algo tão terrível que tive que dispensá-la.

— Ela me falou.

Anna vira o rosto e seu olhar fica distante.

— Eu gostava muito dela, mais do que gostava, mas não posso fingir que estou surpresa com o que aconteceu. Com o que ela... se tornou.

— Por que estou aqui, Anna? E como você sabe quem eu sou?

A filha do dono da lanchonete coloca uma xícara de chá na frente de cada uma de nós. Minha pergunta é ignorada.

— Você nunca teve medo dela, Eve? De verdade?

Pego minha xícara, levo a boca ao chá escaldante e a devolvo à mesa.

— Nunca. Eu a amava.

— Mesmo sabendo do que ela era capaz, você a amava?

— Amava.

— Mesmo sabendo que ela nunca retribuiria seu amor.

— Ela me amava do jeito dela. Não espero que você ou que qualquer outra pessoa entenda, mas é verdade.

Anna me observa com um ar pensativo.

— Você viu a matéria no *Pravda*, anteontem?

— Vi. E vi Oxana morrer. Ela não estava com uma pistola na mão. Estava desarmada, e atiraram nas costas dela. Não no peito, como a fotografia sugere.

Anna dá de ombros.

— Eu acredito. Fotos mentem. Até as ilusões são ilusões. — Ela entrelaça os dedos na mesa diante do corpo. — Entraram em contato comigo para falar de você. Me contaram sua história. Perguntaram se eu poderia ajudar você a encontrar um futuro.

— Quem?

— Eu queria poder dizer, mas não posso. Aqui é a Rússia.

— É, já percebi. — Experimento o chá de novo. Ainda está quente demais.

— Sei que você está infeliz, Eve, mas você me faria um favor?

Olho para ela, surpresa. Ela me olha com ternura e sem piscar.

— Venha comigo hoje à noite ao Teatro Tchaikóvski. Tem uma ópera em cartaz. *Manon Lescaut*. É uma das minhas preferidas. Tenho certeza de que você vai gostar.
— Eu... sim, eu adoraria. Obrigada.
— Podemos nos encontrar lá? Às sete?
— Eu gostaria muito.
Bebemos nosso chá em silêncio. Está quase na hora do almoço, e um fluxo constante de fregueses entra na lanchonete.
— Você vai comer alguma coisa? — pergunto a ela.
— Não, preciso ir embora. Mas, antes, tenho algo para você.
Ela tira um envelope da bolsa e dá para mim. Dentro, há uma foto pequena de algumas meninas de uniforme escolar, incluindo Oxana. Ela parece ter uns dezesseis anos, e o fotógrafo a pegou desprevenida. Ela está se virando, de boca aberta, rindo. Ela tem um ar esguio e feral, mas também uma alegria infantil.
— Minha nossa — digo, sentindo as lágrimas se formarem. — Que preciosidade.
— É. Eu me lembro exatamente quando essa foto foi tirada. Tinham acabado de anunciar que a turma inteira tinha passado na prova do período, e que uma menina chamada Mariam Gelashvili, que havia escorregado no gelo naquela manhã, estava com o tornozelo fraturado.
— Por que você me contou isso?
— Agora que contei, ainda é uma preciosidade?
Guardo a foto de volta no envelope.
— Ela se foi, Anna. Tudo é precioso.

Está nevando muito à noite, e, quando entro para o calor súbito do saguão do teatro, sou cercada por pessoas extasiadas de se encontrarem em um ambiente tão grandioso e antiquado. Acho um canto para esperar Anna, ao lado de um casal com duas filhas pequenas. As meninas estão bastante arrumadas para a ocasião, com laços enormes de organza no cabelo.

Anna acena para chamar minha atenção. Ela está com um casaco preto com gola de pelos que deve ter décadas, e seu cabelo castanho está preso em um coque francês. Ela sobe a escada comigo e me conduz pela multidão com a facilidade do hábito. A sala de chá é esplêndida, com paredes verde-claras e cortinas de veludo cor de tijolo. Dois candelabros iguais emitem uma suave luz amarelada. Encontramos uma mesa de canto, e Anna vai até o caixa e volta não com xícaras de chá, mas com dois martínis de vodca.

— É muita generosidade sua — digo para ela. — Ainda não sei por que você está fazendo tudo isso por mim.

Ela sorri por cima da taça.

— Talvez a gente não seja tão diferente. Nós duas somos pessoas perdidas.

Vou com ela até o camarote, sentindo o martíni correr gelado pelo meu corpo. Nossos lugares são na fileira dos fundos.

— Não é muito caro — sussurra Anna. — Mas tem a melhor acústica. O pessoal da bilheteria me conhece. Sempre me sento aqui.

As luzes diminuem, a cortina sobe. A ópera é cantada em italiano, e não tento acompanhar o enredo. Tem fraques e mantos, homens libidinosos e mulheres derrotadas. A música, doce e pesarosa, me envolve. Sou arrastada por um dilúvio de vodca e Puccini.

No intervalo, Anna pede licença, diz que precisa dar um telefonema, então continuo sentada e fico contemplando o auditório vermelho e dourado. Passam-se vinte minutos, e ela não volta. Ao meu redor, as pessoas estão se sentando de novo, murmurando, consultando o programa. Quando as luzes da casa se apagam, o burburinho de conversa para. Há uma salva de palmas quando o maestro vai ao pódio, e então a cortina sobe ao som trêmulo de uma flauta. Na escuridão quase total, capto um brilho ligeiro de quando a porta do camarote abre e fecha, e então vejo Anna vindo pela fileira até seu lugar.

Não é Anna. A silhueta é diferente.

— *Pupsik*.

É ela, e não consigo falar.

— Eve, *lyubimaya*. — Ela se senta, me puxa para si e pressiona meu rosto em seu ombro. Ela não pode estar aqui, e isso não pode estar acontecendo, mas sinto o cheiro de seu corpo e seu cabelo, sinto a força de seus braços, e o coração batendo junto à minha bochecha. — Desculpa, meu amor — sussurra ela. — Mil, mil desculpas.

Eu me afasto para vê-la à luz fraca do palco. Seu rosto está mais magro, e ela parece cansada. Suas roupas são simples: suéter, jeans, botas de neve. Uma parca se estende até o assento vago ao seu lado.

— Achei que você estivesse morta.

— Eu sei, *pupsik*.

Começo a chorar, e Oxana parece ficar ansiosa por um instante, mas então ela tira um lenço da manga e, hesitante, o estende para mim. É um gesto tão típico que finalmente sei que é ela.

— Eu falei para confiar em mim — diz ela.

14

Isso foi há um ano. Hoje o mundo é um lugar diferente. Tikhomirov é o presidente da Rússia, e a Europa viu a ascensão de uma leva nova de líderes nacionalistas, uma vanguarda da nova ordem mundial, todos ostentando a marca dos Doze. Oxana e eu temos identidades novas e moramos em um bairro na periferia de São Petersburgo. Nosso apartamento é tranquilo, com vista para um parque, que é bonito durante o verão e lindo, ainda que melancólico, no inverno. Oxana está cursando a universidade, estudando para seu diploma em linguística. Ela é alguns anos mais velha que os outros estudantes, e desconfio que eles a achem um pouco estranha (na única ocasião em que fui encontrá-la, dois rapazes da turma pareciam definitivamente assustados), mas ela me garante que está fazendo amigos. Meu tempo eu divido entre ler, caminhar e trabalhar pela internet para uma agência de tradução. No ano que vem, pretendo começar um curso à distância de psicologia. Tem muita coisa que eu quero entender.

Em retrospecto, fico maravilhada com a sutileza e previdência com que Tikhomirov agiu. Já pensei muito naquele dia na estrada para Sheremetyevo, quando ele falou em simulacros. O que me deixou confusa por muito tempo foi por que, se já conhecia os detalhes da trama de assassinato no Teatro Bolshoi, como certamente era o caso, ele achou necessário adotar todo o processo de me usar para descobrir as mesmas informações. Se ele sabia qual seria a função de Oxana, e tinha que saber para preparar a operação de forjar a morte dela, por que fingiu cair na distração?

Só quando Tikhomirov foi eleito presidente é que tudo fez sentido. A morte de seu antecessor, Stechkin, foi algo que ele tinha tentado causar, não impedir. E esse foi um projeto de longo prazo. Ao descobrir o plano de assassinato dos Doze (provavelmente por intermédio de Richard Edwards, cuja capacidade de traição parece não ter limites), ele havia fechado um acordo. Os Doze conseguiriam o espetáculo do assassinato, e Tikhomirov, após esforços heroicos, porém malsucedidos, de impedi-los, tomaria o lugar de Stechkin como presidente. Para que o fracasso de Tikhomirov de impedir as mortes pudesse ser perdoado, após as inevitáveis investigações que se sucederiam, era necessário que ele parecesse ter tido acesso a muito menos informações do que de fato teve. Minha função seria atuar como sua agente infiltrada, mas também como sua testa de ferro. É por isso que ele deixou Oxana viver. Para comprar meu silêncio. E, se necessário, minha anuência.

Será que eu devia ter percebido isso antes? Devia ter me dado conta de que nenhuma equipe minimamente profissional de franco-atiradores incluiria alguém tão inexperiente ou de temperamento tão inadequado quanto eu? Provavelmente, mas eu estava tão concentrada em ficar perto de Oxana que isso nunca me ocorreu. Talvez, no fim das contas, tenha sido para o melhor.

Há muita coisa que eu ainda não sei, e que provavelmente nunca vou saber. Como os Doze me encontraram com Oxana em São Petersburgo? Foi Dasha que nos traiu, e, se não, o que havia por trás do acordo dela com Tikhomirov? E, em termos mais gerais, quem está no comando agora, Tikhomirov ou os Doze? Será que ele é um instrumento deles, ou o contrário? Como não podia deixar de ser, imagens daquele cenário grotesco na antessala presidencial do Bolshoi logo vieram à tona na internet. Como declaração do poder e do alcance dos Doze, e como advertência para outros líderes mundiais, nada poderia ser mais eficaz.

Em troca da nossa atuação, consciente ou não, na ascensão do presidente, e para preservar nosso silêncio e consentimento, Oxana e eu recebemos um pagamento mensal em uma conta conjunta. O valor não é grande, mas atende à maioria das nossas necessidades. O dinheiro que recebo com traduções eu economizo para viagens internacionais. Em setembro, a gente foi a Paris. Ficamos em um hotel pequeno no Quinto Arrondissement, tomamos café no pátio minúsculo e visitamos as lojas perto da St. Sulpice, onde Oxana me fez experimentar roupas que não tínhamos condições de comprar. Não chegamos nem perto do antigo apartamento dela.

Dasha Kvariani está prosperando. Nós a encontramos sem querer na Sadovaya Ulitsa, perto da universidade de Oxana, onde Dasha abriu uma casa noturna. Fomos fazer uma visita uma noite, e ela nos ofereceu um jantar na sala VIP, mas a conversa não fluiu, e Oxana ficou agitada. Acho que estávamos todas conscientes demais do peso dos segredos de cada uma.

O inverno chegou de novo, e no parque debaixo do nosso apartamento as árvores estão sem folhas e os chafarizes congelaram. Estou lendo, e Oxana está terminando um trabalho no notebook ao meu lado. Ela é uma aluna muito competitiva e espera receber uma nota alta. Faz mais de uma hora que nenhuma de nós fala nada, e não sentimos necessidade. Quando termina o trabalho, Oxana fecha o computador, estende a mão e pega na minha.

Já conversamos muito sobre aquela noite no Teatro Bolshoi. Não tanto sobre o que aconteceu na antessala escarlate, mas no que veio depois. Apesar da necessidade de todo aquele drama, Oxana me diz que foi horrível. Os cartuchos de festim, a bolsa de sangue por baixo da blusa, tudo. O que ela se lembra com mais vividez é de me ouvir gritar. Naquele momento, ela lembra que algo dentro dela mudou.

— Consegui sentir o que você estava sentindo.

Ontem à noite, acordei no meio da madrugada, chorando. Eu tinha certeza de que Oxana estava morta, e de que esse último ano tinha sido tudo um sonho. Ela precisou me segurar e repetir meu nome por quase um minuto para me convencer de que estava viva. Ela mesma não sente esses terrores, mas consegue ver o efeito deles em mim e sabe que, nessas horas, o que preciso é saber que ela é real e está aqui.

Hoje de manhã, pegamos o metrô para a Nevsky Prospekt. As calçadas estão cheias de pessoas fazendo compras, e no ar frio a condensação da respiração delas fica visível. Almoçamos no Café Singer, em cima da Casa do Livro, e atravessamos a rua até a Zara, onde experimentei saias e suéteres e Oxana comprou um agasalho com capuz. Quando enfim saímos para a rua, o céu já estava escuro e os primeiros flocos de neve começavam a cair. De braços dados, descemos andando até a margem. Passamos bastante tempo ali, mas ninguém reparou na gente. Éramos só duas mulheres contemplando o rio Neva congelado, sob o crepúsculo de uma tarde de inverno na Rússia.

Agradecimentos

Obrigado, como sempre, ao meu agente, Patrick Walsh, a Mark Richards e todo mundo da John Murray, e a Josh Kendall e a equipe da Mulholland. Alexandra Hackett-Jones foi a primeira a ler o livro, e suas observações foram inestimáveis. Daria Novikova foi de uma generosidade sem fim com seu tempo e seus conselhos, especialmente em São Petersburgo. À minha família, que viveu com Eve e Villanelle por mais de cinco anos, meu amor e minha gratidão.

ESTA OBRA FOI COMPOSTA PELA ABREU'S SYSTEM EM CAPITOLINA REGULAR
E IMPRESSA EM OFSETE PELA LIS GRÁFICA SOBRE PAPEL PÓLEN SOFT
DA SUZANO S.A. PARA A EDITORA SCHWARCZ EM ABRIL DE 2022

A marca FSC® é a garantia de que a madeira utilizada na fabricação do papel deste livro provém de florestas que foram gerenciadas de maneira ambientalmente correta, socialmente justa e economicamente viável, além de outras fontes de origem controlada.